# UNE SORTIE HONORABLE

## DU MÊME AUTEUR

*LE CHASSEUR*, Michalon, 1999.
*BOIS VERT*, Léo Scheer, 2002.
*TOHU*, Léo Scheer, 2005.
*CONQUISTADORS*, Léo Scheer, 2009 ; Babel n° 1330.
*LA BATAILLE D'OCCIDENT*, Actes Sud, 2012 ; Babel n° 1235.
*CONGO*, Actes Sud, 2012 ; Babel n° 1262.
*TRISTESSE DE LA TERRE*, Actes Sud, 2014 ; Babel n° 1402.
*14 JUILLET*, Actes Sud, 2016 ; Babel n° 1559.
*L'ORDRE DU JOUR*, Actes Sud, 2017 ; Babel n° 1763.
*LA GUERRE DES PAUVRES*, Actes Sud, 2019.
*UNE SORTIE HONORABLE*, Actes Sud, 2022 ; Babel n° 1982.


ISBN 978-2-330-20014-5

ÉRIC VUILLARD

# UNE SORTIE HONORABLE

récit

BABEL

*à Stéphane Tiné †*

# ANNEXE TRÈS CONFIDENTIELLE À UN RAPPORT DE L'INSPECTION DU TRAVAIL

"Il faut voyager", écrivait Montaigne. "Cela rend modeste", ajoutait Flaubert. "On voyage pour changer, non de lieu, mais d'idées", renchérissait Taine. Et si c'était tout le contraire. Dans un guide de voyage sur l'Indochine de 1923, après une page de publicité pour la maison Ridet & Cie, armurier au centre de Hanoi, fournissant "armes et munitions de chasse et de guerre, tous accessoires pour chasseurs et touristes, pistolets automatiques ou carabines", avant même que ne soit évoquée "la partie la plus pittoresque du Haut-Tonkin où se trouvent quantité de curiosités naturelles", on tombe sur un petit lexique, manuel de conversation à l'usage des vacanciers, dont voici en français les premiers rudiments : "va chercher un pousse, va vite, va doucement, tourne à droite, tourne à gauche, retourne en arrière, relève la capote, baisse la capote, attends-moi là un moment, conduis-moi à la banque, chez le bijoutier, au café, au commissariat, à la concession". C'était là le vocabulaire de base du touriste français en Indochine.

Le 25 juin 1928, à l'aube, trois austères silhouettes quittaient Saigon pour un petit voyage. Un filet de brume flottait sur les bâtiments. La voiture roulait à vive allure. La capote avait beau être relevée, il faisait frais, et le voyageur qui se tenait à l'avant s'enveloppa rapidement dans un plaid. Mais en réalité, Tholance, Delamarre et leur secrétaire n'étaient pas tout à fait des voyageurs ordinaires, ils formaient l'embryon d'une nouvelle administration coloniale, ils étaient les tout premiers inspecteurs du travail nommés en Indochine française. Des suspicions de mauvais traitements sur une plantation Michelin ayant fait grand bruit, suite à une émeute des travailleurs, on leur avait donné pour tâche de contrôler le respect des minces ordonnances faisant office de Code du travail, censées protéger le coolie vietnamien. Bientôt, la voiture laissa les faubourgs de la ville pour des alignements de paillotes. Le paysage était si beau, d'un vert presque agressif, la rivière débordait de son lit, et derrière une étroite bande de terre, on devinait une multitude de petites parcelles miroitantes d'eau.

Enfin, le chemin s'enfonça dans la forêt, et les voyageurs éprouvèrent, en même temps qu'une sorte d'enchantement, une indicible angoisse. Des deux côtés de la route, c'était un défilé immobile et implacablement répété. On s'enfonçait dans une forêt immense. Mais ce n'était pas une forêt comme les autres, ce n'était ni une forêt tropicale, broussailleuse ou sauvage, ni l'épaisse forêt des songes, la forêt obscure où les enfants se perdent ; c'était une forêt plus étrange encore, plus sauvage peut-être, plus obscure. À son entrée, le voyageur frissonne. Il semble que dans cette forêt, par un curieux sortilège, tous les arbres poussent exactement à la même distance les uns des autres. Un arbre, puis un autre arbre, toujours le même, et un autre, et encore un autre, comme si la forêt n'était composée que d'un seul et unique spécimen se multipliant à l'infini.

La nuit, aux heures froides, des hommes marchent régulièrement d'arbre en arbre. Ils tiennent un petit couteau. En cinq secondes, ils font quelques pauvres pas, se baissent, se relèvent, et laissent une entaille dans l'écorce de l'arbre. Cela leur prend au maximum quinze secondes, et ainsi, environ toutes les vingt secondes, l'homme atteint un autre arbre, et sur la rangée voisine un autre homme le suit, et sur des centaines et des centaines de mètres, des centaines d'hommes, pieds nus, vêtus de toile, avancent, une lanterne à la main, le couteau dans l'autre, et entaillent l'écorce. Commence alors un lent goutte-à-goutte. On dirait du lait. Mais ce n'est pas du lait, c'est du latex. Et chaque nuit, chaque homme saigne environ mille huit cents arbres, mille huit cents fois l'homme dépose son couteau sur l'écorce, mille huit cents fois il trace son encoche, découpant une fine lamelle sur à peu près deux millimètres d'épaisseur, mille huit cents fois il doit faire attention de ne pas toucher le cœur du bois. Et cependant que nos inspecteurs du travail traversent en voiture l'interminable plantation, cependant qu'ils admirent la rationalité à l'œuvre, comment Taylor et Michelin sont parvenus à conjurer "la flânerie naturelle" de l'ouvrier annamite par une organisation rationnelle du travail, cependant que les inspecteurs admirent à quel point cette forêt, l'organisation impitoyable de cette forêt, représente une lutte inouïe contre le temps perdu, le regard attiré par l'immensité glacée de l'œuvre, ils éprouvent une sorte d'effroi.

Même le système le mieux ordonné comporte des ratés. Et à neuf heures du matin, environ vingt kilomètres avant leur arrivée au bureau de la plantation, Émile Delamarre, inspecteur du travail, aperçut trois jeunes Tonkinois au bord de la route. Il eut le malheur de se pencher, et il vit qu'ils étaient liés ensemble par un fil de fer. Cela dut lui paraître bizarre, incongru, ces trois hommes pieds nus attachés ensemble, il ordonna aussitôt au chauffeur de s'arrêter.

Les trois hommes étaient sales, vêtus de haillons, ils allaient sous l'escorte d'un contremaître. Delamarre descendit un peu groggy de voiture, trébucha dans la boue, et avança péniblement jusqu'aux prisonniers. Une fois parvenu à leur hauteur, il regarda un instant le contremaître qui, face au costume coûteux de Delamarre, se découvrit. Il faisait déjà chaud et moite. Delamarre constata que les prisonniers étaient couverts de gale. D'un coup d'œil, il vit que le fil de fer leur blessait méchamment les poignets, et il décida de les interroger directement, en vietnamien. Après un échange de paroles banales et quelques hésitations, l'un d'entre eux lui raconta s'être évadé. C'était ce qu'on appelait *un déserteur*, il avait quitté la plantation dans la nuit, mais il venait d'être repris. Delamarre dut trouver le traitement un peu disproportionné, mais ce n'était pas tout à fait de son ressort. Il se contenta donc d'une remarque un peu sèche au contremaître, puis il recula, essuya ses semelles sur le bas-côté et remonta en voiture, "À la plantation" lança-t-il.

Pendant le reste du trajet, il essaya d'oublier cette scène pénible, et, Dieu merci, à leur arrivée à la plantation, ils furent chaleureusement accueillis. Après un premier aperçu des installations, on les présenta au directeur des établissements Michelin en Cochinchine, M. Alpha, accompagné du responsable de la plantation, M. Triaire, et de quelques employés européens. Ils commencèrent tous ensemble la visite : habitations des coolies, jardinets, douches, infirmerie, magasins de vivres, château d'eau. Les inspecteurs firent, admiratifs, le tour de ces équipements neufs. On ressortit des bâtiments, et Delamarre, profitant d'un moment où il cheminait seul avec le directeur, l'interrogea sur une barre de justice qu'il avait remarquée au début de leur visite à côté des habitations. M. Alpha parut désagréablement surpris, il se retourna vers son adjoint, M. Triaire, et, d'un ton vif, lui demanda des éclaircissements.

"J'ai organisé ce poste pour y garder les déserteurs, déclara Triaire, un peu gêné. On ne les garde pas plus d'une nuit, et entravés d'un seul pied !

— Y a-t-il d'autres barres de justice sur la plantation ? demanda encore Delamarre.

— Il n'en existe pas." répondit Triaire, catégorique.

La visite continua. À présent, c'étaient les cuisines. On leur avait organisé un tour complet des lieux. Triaire vantait l'agencement moderne, la propreté, quand soudain, passant devant une porte close, Delamarre demanda ce qui se trouvait derrière. On lui répondit par un haussement d'épaules, c'était sans doute un débarras, on n'avait pas les clés. Comme Delamarre insiste pour entrer, Triaire court les chercher. Enfin, le surveillant revient avec lui à bout de souffle et ouvre la porte. La salle est vide, mais dans le fond se trouve une barre de justice percée de neuf trous.

Le directeur se tourne vivement vers Triaire et exige des explications. Triaire bredouille, le directeur hausse le ton. Mais comme lorsqu'au théâtre une petite comédie se déroule au premier plan, qu'une scène en second plan vient manifestement démentir, des gémissements se font soudain entendre dans une pièce voisine. Et là encore, la porte est fermée, il faut aller chercher les clés. Alors, usant de son autorité, l'inspecteur du travail ordonne fébrilement qu'on défonce la porte. Et voici qu'aussitôt elle s'ouvre, on avait trouvé miraculeusement les clés, quel étourdi ce Triaire ! Mais au lieu de dédramatiser, cette étrange étourderie ajoute à une peur diffuse qui, depuis quelques minutes, gagne les inspecteurs du travail. Et au moment où la porte s'ouvre, ils le sentent bien à présent, tandis que les gémissements redoublent, ils sont en train de pénétrer dans un autre monde.

Un homme gît sur le dos, à bout de forces, épuisé, les deux pieds entravés, à demi nu. L'homme se tortille au sol, tentant désespérément de se couvrir les parties génitales avec un vieux chiffon sale qu'il plaque comme il peut contre lui. Alors, tandis que le petit cortège est totalement assommé par ce qu'il vient de découvrir, Triaire se précipite, et, arrachant le chiffon que le pauvre homme appliquait en tremblant sur son corps décharné, hurle : "Pourvu qu'il ne se soit pas mutilé !" La remarque est incongrue, à tel point que l'inspecteur du travail mit un instant à en saisir le sens. Triaire voulait-il laisser croire que l'homme avait été attaché ainsi *pour son bien* ?

Le coolie était à présent presque nu, offert au regard de tous. C'était une scène d'épouvante. On le libéra comme on put de ses entraves, on le releva et les gardiens examinèrent brutalement les moindres recoins de son corps, comme si l'homme avait tenté de se suicider ou qu'il dissimulât quelque chose. La pièce était mal éclairée, sordide. L'homme était affreusement maigre. Il tenait à peine debout. Il avait peur.

Le directeur rudoya Triaire, “Mais qu’est-ce que c’est que cette histoire !” criait-il, “Je l’ignore monsieur”, répétait Triaire, hurlant à son tour contre un surveillant afin qu’il ramène sur-le-champ l’infirmier. Il fallut patienter. L’attente parut interminable. Le Vietnamien était squelettique, moribond, forcé de se tenir debout au milieu des directeurs et de deux inconnus dont il ne parlait pas la langue. Il titubait, les Français se taisaient. De temps à autre, une goutte tombait lourdement sur les tôles. Un courant d’air frais traversait la pièce. Et Triaire répétait pour lui-même : “Je ne comprends pas.”

Enfin, l’infirmier arriva. Il s’imagina peut-être rassurer les inspecteurs en déclarant : “C’est un dysentérique que je soigne.” Mais cette déclaration surprenante ne fit qu’alourdir l’atmosphère. Delamarre pensa : “Et c’est ainsi que vous le soignez, en l’attachant à une poutre, à demi nu !” Il ordonna d’une voix froide : “Qu’on déshabille complètement cet homme !” Triaire fit un signe en direction des deux surveillants, le coolie eut un mouvement de crainte, mais il était trop faible pour faire le moindre pas. On lui ôta sa veste. L’homme était à présent totalement nu, comme nous le serons un jour face à nos juges. Il se tenait tête baissée, il avait l'air d'un mort. L'inspecteur Delamarre s'approcha de lui lentement, très lentement, il tourna autour de l'homme. Il fit un geste pour inviter son collègue à venir : "Je vous demande de constater que cet homme porte sur le dos six coups de rotin bien marqués."

Le lendemain, Delamarre se rendit à l'autre plantation Michelin où plusieurs suicides par pendaison avaient été signalés récemment. L'entreprise Michelin s'interrogeait sur "les motifs de cette *épidémie de suicides*", selon l'expression du rapport de l'Inspection du travail. D'après la liste qu'on lui communiqua, les suicides s'étaient produits à une cadence effarante. Pham-thi-Nhi, pendu le 19 mai ; Pham-van-Ap, pendu le 21 mai ; Ta-dinh-Tri, pendu le même jour ; Lê-ba-Hanh, pendu le 24 ; Dô-thê-Tuât, pendu le 10 juin ; Nguyên-Sang, pendu le 13 juin ; Tran-Cuc, pendu le matin même. En tout, sept suicides en un mois. Et durant sa tournée, l'inspecteur découvre sur les coolies de profondes traces de coups, et tandis qu'il les interroge, se succèdent des récits d'humiliation et de terreur, et malgré les dénégations, Delamarre finit par trouver toute une provision de rotins dans un débarras, et comme d'habitude, le directeur de la plantation ne savait rien, et comme d'habitude, il paraît très ému, déclare que s'il n'avait pas été sans avoir eu connaissance de certains excès, et s'il avait sévi aussitôt en faisant déplacer un jeune assistant trop zélé, il n'aurait jamais pu imaginer de tels débordements, et comme d'habitude, le directeur exprime son profond regret, et comme d'habitude, les sévices sont présentés sur le registre de l'exception, de la bavure, la cruauté d'un surveillant, le sadisme d'un subalterne. L'inspecteur fit scrupuleusement son rapport, l'administration formula quelques recommandations. Elles ne furent suivies d'aucune réforme ni d'aucune condamnation. Cette année-là, l'entreprise Michelin fit un bénéfice record de quatre-vingt-treize millions de francs.

Quelques années plus tôt, André Michelin avait fait la connaissance de Frederick W. Taylor à l'occasion d'un déjeuner organisé en son honneur chez Prunier, à Paris. Au dessert, Taylor qui, d'après le compte rendu qu'en fit Michelin, était "la modestie incarnée", leur avait timidement exposé les principes de sa méthode. Mais afin de mieux comprendre l'admiration d'André Michelin pour les théories de Taylor, afin de bien sentir l'effroi qu'éprouvèrent les inspecteurs du travail lorsque leur voiture au petit matin se mit à longer cette forêt géométrique, où tous les arbres ont été rigoureusement plantés à égale distance les uns des autres, pour que chaque coolie n'ait que quelques pas à faire, toujours le même nombre, à la même cadence, afin de bien saisir ce que peut signifier *la modestie de Taylor*, cette qualité dont le pare Michelin, citons ce petit extrait du grand livre de vulgarisation où Frederick W. Taylor expose *les principes du management scientifique* : "Un homme de l'intelligence d'un travailleur moyen peut être dressé au travail le plus délicat et le plus difficile s'il se répète suffisamment, et sa mentalité inférieure le rend plus apte que l'ouvrier spécialisé à subir la monotonie de la répétition."

Ainsi, d'après Taylor, Pham-thi-Nhi, numéro de titre d'identité 2762, qui s'est pendu le 19 mai 1928 à la plantation de Dâu Tiêng, ne serait rien d'autre qu'*un homme de l'intelligence d'un travailleur moyen dressé au travail le plus répétitif*, mais il semble pourtant, malgré *sa mentalité inférieure*, n'être point parvenu à supporter *la monotonie de la répétition* ; et Pham-van-Ap, numéro de titre d'identité 1309, qui s'est pendu le 21 mai 1928, n'était peut-être rien d'autre qu'*un homme de l'intelligence d'un travailleur moyen dressé au travail le plus répétitif*, et, cependant, il semble ne pas avoir résisté, lui non plus, à *la monotonie de la répétition*.

La même année, trente pour cent des travailleurs périrent sur la plantation, plus de trois cents personnes. Delamarre revit les poignets maigres, sciés par le fil de fer, des trois captifs hagards, ces *déserteurs* qu'il avait rencontrés au petit matin, leur regard absent. Il eut honte. La vérité était là, sous ses yeux. Peu importait à présent leur maudit contrat de travail, au nom duquel on pouvait ainsi les contraindre. En reprenant la route, ce soir-là, l'inspecteur Delamarre comprit qu'en fuyant la plantation, ces hommes tentaient seulement de sauver leur peau.

## DUPONT DES LOGES

Au nord du Viêtnam, dans la région du Tonkin, se trouvent des paysages de collines extraordinaires, ce que les voyagistes appellent *des paysages de rêve*. Ces collines escarpées, ces lacs limpides, ces prodigieuses chutes d'eau, semblent tout droit sortis de la peinture chinoise. On les dirait peints avec un pinceau usé, afin que la ligne, réduite au minimum, n'indique qu'une frontière de brume. Mais, en septembre 1950, le poste militaire d'où les Français admiraient depuis un quart de siècle ces sublimes paysages ne recevait plus son approvisionnement que par voie aérienne et se trouvait donc dangereusement isolé. On parvenait mal à mettre la main sur le ravitaillement parachuté, et on commençait à craindre la faim. La situation devenait critique. Les plantations avaient été désertées par de larges contingents de main-d'œuvre qui avaient rallié la rébellion. Il fallait à présent faire face à une véritable armée. Aussi, après bien des hésitations, l'état-major français se résigna à évacuer la position. Trop tard. Le jour même où l'ordre d'évacuer fut reçu, le Viêt-minh lançait une attaque formidable. Aussitôt, on parachuta des légionnaires en renfort, mais l'assaut fut si rapide, si brutal, qu'ils n'eurent pas même le temps d'intervenir ; et le poste tomba.

Au gré de péripéties sanglantes, d'ordres et de contre-ordres malavisés, le régiment qui avait évacué Cao Bang progressait difficilement dans la jungle. Il parvint finalement à rejoindre une seconde colonne. Mais à la nuit tombée, face à une situation de plus en plus alarmante, harcelés de toutes parts, les survivants se mirent en route, pour un repli désespéré. L'ennemi ne les lâchait pas. Et après de nombreux et farouches accrochages, les deux colonnes furent anéanties.

Une dizaine de jours plus tard, le jeudi 19 octobre 1950, à l'Assemblée nationale, Édouard Herriot, qui présidait, adressa la formule rituelle d'hommage à *nos* forces armées, un mot à *nos* héroïques soldats, puis il évoqua leur lutte en Indochine avec beaucoup de dignité ; il crut même bon d'ajouter que leur mission était "d'assurer l'indépendance d'une nation associée à notre pays dans le cadre de l'Union française". Il avait alors jeté un regard circulaire au public. Les loges étaient bien garnies. Une fois qu'il eut congrûment adressé aux familles l'expression de *notre* profonde émotion, il se dépêcha de tourner la page, et de donner la parole au premier interpellateur, M. Juge.

Au nom du groupe communiste, le député demande quelle suite le gouvernement entend donner aux propositions du président Hô Chí Minh en vue d'échanger des prisonniers. Son discours dure quelques minutes, les députés commencent à bâiller, il fait si chaud en ce mois d'octobre ! On tire un peu sur son nœud de cravate, on ôte un cran à sa ceinture. Enfin, un quart d'heure plus tard, un autre député, Frédéric-Dupont, prend la parole et aussitôt l'hémicycle s'anime. C'est que Frédéric-Dupont, lui, n'est pas un parlementaire comme les autres, mais un député proverbial, aux opinions retentissantes, une figure du Palais-Bourbon. Pour lui rendre justice, il faut dire qu'une partie non négligeable de sa réputation venait de l'attention émue qu'il portait aux gardiens d'immeubles ; on prétend qu'il déposa des dizaines et des dizaines de propositions visant à l'amélioration de leurs tristes conditions d'existence, raison pour laquelle on le surnomma *Dupont des Loges*.

On note avec émotion tant de fidélité pour une corporation injustement méprisée, pour ces témoins passifs et besogneux de nos vies, triant notre courrier, refoulant les importuns et sortant nos poubelles. Mais afin de mieux comprendre l'intérêt que notre député leur porta, il convient de remonter jusqu'aux critères qui avaient prévalu à leur recrutement. Pour cela, il faut se pencher un instant sur la vie de Jean Chiappe, célèbre préfet de Paris, l'un des pères fondateurs de la police moderne. Lecteur de *Gringoire* et de *L'Action française*, il admirait par-dessus tout Charles Maurras, vous savez, *le polémiste*. Le soir, dos calé contre la bouillotte, il feuilletait anxieux, constipé, les brochures ou les mazarinades du maître, espérant que surgirait, demain, le régime énergique qui rédimerait la France. Lorsqu'il était de bonne humeur, après un heureux coup de filet, la répression réussie d'une grève, il soupirait, sous la lampe de chevet, à la trame d'imaginaires amours qu'évoquait Maurras dans ses *rêveries provençales*. Mais la plus vive passion de Jean Chiappe était son métier. Zélé, il incorpora au corps des gardiens de la paix le plus de nervis possible, truands sans scrupules, factieux, afin d'avoir une police aguerrie, complaisante et bornée. Pour améliorer le quotidien de ses troupes de choc, il facilita l'emploi de leurs épouses comme concierges, cela mettrait du beurre dans les épinards. Et puis, on n'est jamais assez informé, jamais assez sûr des locataires débraillés, des petits propriétaires instables ; il est donc judicieux de placer dans les loges de Paris des personnes de confiance. On comprend mieux maintenant pourquoi Frédéric-Dupont, qui donnait dans les opinions de Chiappe, soutiendra inlassablement les concierges. Il entretenait ainsi un véritable corps d'agents électoraux, missionnaires, rabatteurs, propagandistes de comptoir, mais, surtout, il secourait une clientèle diligente, efficace, les épouses des gardiens de la paix, une armada d'indicateurs.

Frédéric-Dupont n'était donc pas seulement le député extravagant qu'on veut nous donner à voir, l'énergumène excessif, fantaisiste, que nous décrivent ses anciens confrères, et tandis qu'Édouard Frédéric-Dupont descend avec application la travée, ce 19 octobre 1950, serrant quelques mains et glissant un bon mot au passage, observons-le un peu, et à côté du député qui s'apprête à parler, déroulons un instant sa longue carrière. Saisissons une minute le volume qui traîne sur la table de nuit, et feuilletons en vitesse le petit roman de son existence.

Édouard Frédéric-Dupont est né dans le 7e arrondissement de Paris, il en est un véritable autochtone, il en parle la langue, en connaît les coutumes et porte sa livrée. Il a une drôle de binette Dupont. Il faut dire qu'ayant participé aux émeutes fascistes de février 34, il a été blessé à la tête ; de là lui vient peut-être cet air lunaire, déplaisant. Mais les gens du 7e arrondissement récompenseront cette blessure de guerre, il y sera élu puis réélu sans cesse avec des scores vertigineux, des 95 %, de véritables plébiscites. Chantre du général Franco, il votera, l'heure venue, les pleins pouvoirs à Pétain. Devenu vice-président du conseil de Paris à partir de 1941, sentant progressivement le vent tourner, il refusera de voter le projet de budget pour 1944. Enfin, il démissionne du conseil, un quart d'heure avant le déluge. Quelques mois plus tard, la France est libérée. Ses actes de bravoure lui vaudront *in extremis* la Médaille de la Résistance et la Légion d'honneur.

Mais sautons un peu les haies, allons, avançons ! Récapitulons sa prodigieuse carrière : élu soixante-deux ans à Paris, un record, treize mandats de député, plus de quarante ans de vie parlementaire ; il a connu trois républiques et a été membre de dix formations politiques, pour finalement se présenter sur la liste du Front national aux côtés d'Olivier d'Ormesson, le cousin de Jean. Mais, avant tout, *Dupont des Pipelettes*, comme on l'interpellait affectueusement dans les couloirs, fut un grand *porteur de réformes*. Parmi ses plus notables actions, notons qu'il participa à la création du périphérique, à la construction d'un parc de stationnement, et à la restauration des jardins de l'hôtel des Invalides. Autant dire, des prodiges.

Mais ce 19 octobre 1950, Frédéric-Dupont est à l'un des sommets de sa carrière, la guerre d'Indochine le place au premier plan. Il est le félibrige de l'Empire et l'avocat de notre armée. Un pet de lumière fuit de la verrière, les rédacteurs se succèdent discrètement autour de la tribune. Dupont remonte son bénard, décidément le sur-mesure n'est plus ce qu'il était ! Il referme le deuxième bouton de sa veste (la coupe indulgente à son embonpoint), s'assure qu'elle n'a pas été meurtrie par la promiscuité, et se racle la gorge. Frédéric-Dupont se cramponne au pupitre. Il y a du monde dans l'hémicycle, les loges se remplissent, des camarades l'encouragent. D'une main songeuse, il s'éponge le crâne, battant le rappel de ses derniers tifs, et il se lance follement dans sa grande diatribe.

Il évoque tout d'abord, d'un geste bouleversé, "le drame de Cao Bang", et déplore "l'abandon matériel et moral dans lequel a été laissé notre héroïque corps expéditionnaire". Des rires fusent. Les secrétaires notent à la volée des répliques de forains. Les lumières brillent. Dupont éprouve un vague sentiment de détresse. Sur les bancs du gouvernement, les ministres s'agitent. D'après lui, l'armée manquerait de tout en Indochine, et pointant un index vengeur en direction du secrétaire d'État aux Forces armées, Dupont lui lance, avec un air d'angoisse, rouge de colère, que le fil de fer barbelé a même dû être remplacé par des piquets de bambou !

Max Brusset : "C'est un comble !"

Cette réplique de Max Brusset est mémorable. Et comme tout ce qui concerne la mémoire, elle tire son origine d'une lente sédimentation. Afin de parvenir à prononcer convenablement "C'est un comble !" dans des circonstances appropriées, il faut que s'accumulent plusieurs générations de notables. Depuis le goitre de Max Brusset, cette expression s'enracine dans la gorge de son grand-père, Jean-Baptiste, le sénateur, également président des notaires de Haute-Saône, fonction merveilleuse. Max fut, quant à lui, membre du comité d'honneur et du comité d'orientation de la *Revue des deux mondes*, qui a toujours été généreuse. Il fut également l'un des propriétaires de Radio Méditerranée, puis président-directeur général de la Satas, société produisant des machines à affranchir le courrier, modèle breveté doté d'un exclusif et révolutionnaire procédé appelé *sanglier*. Mais le voici ensuite conseiller de la Compagnie générale d'électricité, puis de L'Oréal, et de Henkel-France, qui s'occupe d'adhésifs et de détergents. Il est souple, Max ; avec sa bonne binette d'homme de radio, il s'adapte, il passe des ondes aux timbres-poste, des timbres à la distribution d'électricité, et de l'électricité, qui illumine la vie, aux cosmétiques, qui lui sont parfaitement accessoires, et des cosmétiques, qui maquillent, aux détergents, qui rongent.

Sa femme, Marie, est une Vallery-Radot, l'orgueil de la bourgeoisie. Au XVIe siècle, les Radot sont marchands, ils se transmettent un petit coffre et une écritoire de père en fils. Un siècle après, on est maître chirurgien, un siècle encore et on devient notaire royal. C'est parti. Au XIXe siècle, Lazare-André Radot s'installe à Avallon, il est avocat. Son fils, Vincent Félix Vallery-Radot, monte à Paris ; sa carrière fut prodigieuse. D'abord à la Bibliothèque royale du Louvre, il se hisse jusqu'au cabinet du ministre de l'Agriculture et du Commerce sous le Second Empire. Il sait tout faire Vincent Félix, tout. Il rédige des critiques, publie des livres et, enfin, rafle la Légion d'honneur. Mais surtout, Vincent Félix se marie. Et là encore, il est avisé, ambitieux ; il épouse la petite-fille du Dr Jean-Joseph Sue, et à travers elle, il épouse à la fois l'Académie de médecine, la littérature et la grande Histoire ; il garnira son arbre généalogique de Louis Pasteur et d'Eugène Sue, d'un intendant du duc d'Orléans et d'un académicien. Et ça continue avec René Vallery-Radot, homme de lettres, collaborateur, lui aussi, de la *Revue des deux mondes*, et puis avec Louis Pasteur Vallery-Radot, qui se tint enfin à cheval sur deux académies, l'Académie française et celle de médecine. Ah ! quelle parentèle, quelle tribu ils font les Vallery-Radot ! Et, en réalité, c'est bien la substantifique moelle de ce lignage, florilège de la bourgeoisie française, qui prend véritablement la parole par la bouche de Max Brusset, le 19 octobre 1950, à l'Assemblée nationale, vers 10 heures du matin. Et tandis que le petit Max, le gamin de Neufchâteau, se retire tout au fond de son costume, derrière sa cravate marron et son col trop blanc, tandis qu'il rumine dans l'arrière-boutique (autrement dit *son âme*) je ne sais quel maladif effarouchement, livide, égrotant des mots secrets, fielleux, tristes et fielleux, qu'il prononce en lui, muet, sans les entendre, sans peut-être même y penser, tandis que le petit Max, timide, le regard flou, se racrapote en lui-même, le député de Charente-Maritime lève fougueusement le bras et ouvre grand le bec. Alors, toute sa généalogie de notables, les grands Brusset, rejette au loin les petits Brusset du passé, et sa belle-famille, les bonzes de la *Revue des deux mondes*, les manitous de la chirurgie et du notariat, se lève à son tour et, symbole de la représentation nationale, phénomène où la volonté de mille cristallise en un, tous les Radot, les Brusset et les Vallery braillent comme un seul homme : "C'est un comble !"

Mais il ne se contentera pas de cette admirable interjection, Max Brusset, il ouvrira encore sa tapette une heure plus tard pour dire : "Hélas ! nous sommes servis" ; et un peu après encore, il aura cette réplique piquante : "C'est la voix de son maître !", évoquant la voix du peuple algérien. Puis une bonne demi-heure passe, pendant laquelle il se gratte les roustons sous le pupitre, et, après un petit quart d'heure de sieste, tiré brusquement du sommeil par l'ardeur des débats, il lance à la volée sa plus célèbre répartie : “C’est la distribution des prix ?” Mais en fin de journée, il aura une ultime réplique, dicton moral ou tout est dit. Cramoisi, respirant mal, il se hisse sur ses quilles, bombe la poitrine et prononce d’une voix exsangue, cadavérique : “Monsieur le président, vous avez plus d’égards pour M. Tillon que pour M. Capitant.” Ce qui en bon français veut dire : “Vous avez plus d’égards pour un communiste que pour un membre du RPF.” Ce qui en vieux français veut dire : “Vous avez plus d’égards pour un ancien ajusteur que pour un professeur à la faculté de droit de Paris !” Ce qui dans la langue de Molière veut dire : “Vous avez plus d’égards pour un péquenaud que pour l’un des nôtres !”

# INTERMÈDE

ENFIN, vers midi, après plusieurs interventions mémorables, sortant de sa prodigieuse torpeur, Herriot secoua son énorme corps et déclara que la suite des débats était renvoyée à la prochaine séance publique, dans deux heures. Il était midi quinze, le président reboutonna sa veste, comme les hommes d'affaires et les politiciens sont accoutumés à le faire par une sorte de réflexe conditionné. Les ouvriers, les employés des postes, les cheminots, les grutiers ne reboutonnent jamais leur veste, ils foutent les mains dans leurs poches, sur leurs hanches et laissent les ailes de leurs tabliers couvrir leurs coudes. Mais les hommes d'affaires et les politiciens ont depuis toujours un problème de bombement, de gidouille. L'âge en est en partie responsable, mais le salaire et les pourliches, les gracieusetés, sont la principale cause de cette difformité.

Aussitôt l'hémicycle se vida. Herriot et quelques collègues partirent déjeuner chez Rollet, rue de Bourgogne. Et tandis qu'ils cheminent autour du vieux maître, ils évoquent l'intervention de Pierre Cot, en fin de matinée, qui a chambardé l'hémicycle. "Est-ce vrai, demande l'un d'eux, que la guerre nous coûte un milliard par jour ?" Un membre de la commission des finances, qui trottine dans le caniveau afin de laisser le trottoir au président, confirme : "Nous dépensons bien, d'après les déclarations de M. le ministre des Finances, un milliard par jour pour la guerre. C'est le chiffre officiel." À l'évocation de ce chiffre, les bancs de l'Assemblée avaient chonchonné. Un milliard. C'est tout de même beaucoup. Les regards se croisèrent de travée à travée, gênés, on ingurgitait, on régurgitait, on comparait. Cela semble énorme, en effet. Un milliard. On n'a jamais assez pour les allocations, les aides ; les protections de tous ordres doivent sans cesse attendre au nom d'un réalisme comptable ; on nous explique, le doigt en l'air, que si l'on dépense au-delà de ce qu'on peut rembourser, eh bien, c'est banqueroute. Et les vieux renards qui passent leur vie, museau penché, derrière les moindres virgules, et nous rabiotent ici un centime, là deux, les gardiens féroces de nos pièces jaunes, voici que soudain, pour une dépense aussi folle, aussi vaine, aussi meurtrière, ils ne connaissent pas une seconde d'hésitation, main sur la poitrine, chantant l'hymne national, ils jettent un milliard par la fenêtre tous les jours.

À présent le restaurant n'est plus très loin. L'ombre du président Herriot avance sur le trottoir en boitant formidablement, appuyant sur sa canne son corps gigantesque, rempli de nébulosités et de ténèbres, tordu, brinquebalant, se balançant comme certains dindons, mâchonnant aussi, peut-être une mauvaise dent, un bridge un peu déchaussé. Enfin, une fois entré dans le restaurant, après quelques pantagruéliques mouvements de buste, une fois fichu son gigantesque baba entre les anses du fauteuil, le vieux bison rumine.

On commande aussitôt un Kessler, puis on admire un instant la robe jaune citron, devinant les reflets vert clair dans la pâle lumière qui peine à venir jusqu'à eux depuis les fenêtres un peu chiches de la salle.

Le président Herriot, que cette séance prud-hommesque a exaspéré, porte son verre à ses narines et tente désespérément d'apprécier les odeurs confites, la pointe de fruits jaunes, de coing, de mirabelle, mais rien, la mauvaise humeur est plus forte que la gâterie, l'exaspération emporte le plaisir de table et il engloutit son verre à vingt francs comme une vulgaire piquette. Le serveur lui conseille de commander la terrine de foie gras gelée au porto, ou bien une piccata de veau, aux morceaux gentiment coiffés de câpres, qui se marie très bien avec l'équilibre de ce vin riche et moelleux. Mais Herriot s'en fout, il a un geste agacé, prend la terrine afin de se débarrasser du bonhomme, et réserve, pour le dessert, un éclair au chocolat, avant qu'ils aient tous été bouffés par ses collègues, comme ce fut déjà le cas la semaine dernière ! Le serveur s'éloigne en souriant. Herriot a mal au ventre, il desserre sa ceinture sous la table ; c'est qu'il a déjà soixante-dix-huit ans, Édouard Herriot, ça fait quarante-six ans qu'il traîne ses guêtres sur les bancs des conseils et des assemblées, et il en a marre. Il sourit vaguement à ses voisins de table, les plus jeunes commentent les diatribes de leurs collègues et refont la bataille de Cao Bang à coups de torchons et de fourchettes, mais Herriot s'en fout bien de Cao Bang, il sort sa pipe légendaire, l'œil malicieux au sommet d'une pyramide de graisse, puis il leur sert deux ou trois phrases passe-partout d'un air municipal, car il est avant tout maire de Lyon, échevin, il le sera encore pendant sept ans ; en tout, presque un demi-siècle. Trente-cinq ans avant la Seconde Guerre mondiale, onze ans, dix mois et huit jours après guerre, il veille sur Lyon, sur les épiciers de Saint-Jean et les rentiers discrets de la Presqu'île.

Paraphrasant la séparation de l'Église et de l'État, on dit que chez lui, il y a séparation du cerveau et de l'estomac, séparation de l'esprit municipal et de la carcasse municipale. Et s'il a prononcé bien des sentences justes et fines durant sa longue carrière de prélat, il a aussi tonné des bêtises sans nom depuis son pupitre. Ainsi, lors des débats entourant la naissance de l'Union française, il a pompeusement déclaré : "Si nous donnions l'égalité des droits aux peuples coloniaux, nous serions la colonie de nos colonies."

On a du mal à imaginer ce que cela suppose, être maire de Lyon pendant tant d'années. On a du mal à imaginer ce que cela suppose de malice municipale, de poignée de main municipale, de doigté, de finauderie, de matoiserie, d'adversaire poignardé, oui, on a du mal à imaginer le nombre de cadavres qu'un type comme Édouard Herriot abandonne dans son sillage, combien il faut de charognes, de confrères exécutés, de carrières étranglées, pour qu'un seul gros bonhomme puisse grimper les marches de la mairie de Lyon et s'installer un demi-siècle sur le trône.

Les députés qui l'accompagnent échangent encore quelques mots à propos de la séance, on raille untel, on évoque Cao Bang, "les événements dramatiques", "la situation indochinoise" ; on répète le journal de la veille. Dieu merci, la terrine arrive. Herriot se jette dessus avec son petit couteau à beurre et sa grosse main couverte de poils. Il en tope la moitié, personne ne bronche. Son visage est fatigué ; un instant, l'œil semble mort, la respiration est lourde. Il n'y a sans doute plus beaucoup d'Édouard Herriot dans cette grande carcasse, il y a le cacique, le sachem des bords du Rhône. Le reste est mort.

Dupont des Loges entre dans la salle et se dirige vers une table voisine, il salue le président Herriot en passant. À midi, dans le brouhaha qui monte, Herriot n'est soudain plus qu'un vieux monsieur fatigué, il flotte dans le néant. Mais la bête continue de vivre et de s'alimenter. Elle sait que lorsqu'elle entre dans une pièce, la foule se lève. Elle sait que les jeunes bêtes, qui attendent qu'elle meure, tournent autour d'elle en silence, mais que lorsqu'elle a fini de parler, qu'elle pousse un petit rot, tout le monde se lève de nouveau et applaudit. Elle sait que des rues porteront son nom. Elle sait qu'on fera son éloge funèbre. Elle sait que les applaudissements, les bonjours compassés, les ronds de jambe, c'est son éloge funèbre qui a commencé. Depuis sa place en bout de table, soulevant à peine ses énormes paupières, Herriot s'essuie les lèvres et le menton d'un geste gourd. Sa vie publique n'est plus qu'une routine souveraine.

# LA GRANDE COALITION

LENTEMENT, les députés reviennent du restaurant, la séance a enfin repris. Le public retourne dans les loges. "Chut ! Venez !" murmure l'appariteur, en faisant un geste de la main, "Venez !" Les gens, comme à l'école, s'installent au dernier rang. Un type explique, "Là ! Tenez ! c'est le président Herriot ! Vous savez, le maire de Lyon..." "Je le reconnais !" lance une vieille dame, "Il fait plus vieux que sur les photos..." Dans l'hémicycle, un type au teint bistre prend la parole, un Arabe. "C'est un député ?" demande une jeune femme étonnée. "Je crois", répond son mari.

L'Arabe est un Kabyle, et il est bien député. Il s'appelle Abderrahmane-Chérif Djemad. Il est député communiste de Constantine. Fils d'un paysan immigré en France, après de courtes études, il a été maçon, terrassier.

“Combien d’Algériens, de Marocains, de coloniaux, cet affreux destin va encore frapper !”, tonne-t-il, à propos des tirailleurs qui, en Indochine, forment en réalité l’essentiel de *notre armée*. Sa véhémence paraît étrange devant une salle presque vide.

Les lointains visages des quelques collègues présents semblent flotter devant lui, et le député de Constantine se sent fatigué. Il se rassoit, la gorge serrée. À quoi bon prendre la parole ici, les discours se replient les uns sur les autres comme les sentiers d’un labyrinthe ; il n’en reste rien.

À présent, les rangées se remplissaient de nouveau. On bavardait. Ses collègues revenaient de la buvette, telle une camarilla d’invités passe insensiblement de la salle à manger au salon. Abderrahmane-Chérif Djemad sentit se déposer dans sa pensée une mince couche de ressentiment ; et il en éprouva de la tristesse.

Il y eut un instant de flottement dans l’hémicycle, le groupe socialiste était réuni pour un point de dernière minute, on s’interpellait à voix basse, le président de séance semblait perdu dans ses pensées. Soudain, Daniel Mayer se leva de son banc, reboutonna fermement sa veste, puis d'un ton mesuré, digne et mesuré, déclara au nom du groupe socialiste que "l'Assemblée devrait être unanime pour saluer et honorer les morts, tous les morts sans exception", insista-t-il, en réponse à la douloureuse question des tirailleurs posée par Djemad. Il rendit ensuite "*un hommage respectueux et déférent* aux soldats qui se battent là-bas sous *les couleurs de la France*". La lumière est blafarde. Les membres du gouvernement ont soudain l'air très vieux, horriblement. Le petit couplet est un modèle du genre, il joue son rôle de clochette. Il permet de ressouder instantanément les membres de la grande coalition. À son signal, on exige des autres une totale adhésion, autrement dit, tous ceux qui prétendent pouvoir participer aux décisions, au gouvernement, être un jour chargés de hautes fonctions, doivent, par leurs applaudissements répétés, leur approbation sans équivoque, montrer qu'au nom de leur groupe, au nom du parlement, au nom de l'ordre social, ils consentent à se censurer. Ils doivent montrer qu'au nom de valeurs prétendument honorables, comme le patriotisme, dissimulant d'autres intérêts non écrits, mais qui sont cependant un préambule implicite à toutes les constitutions, face aux insinuations désagréables d'Abderrahmane-Chérif Djemad, face au sort pourtant incontestable des tirailleurs, les députés doivent mettre leurs divergences en sourdine. En entendant ces mots : *hommage*, *respect*, *soldats*, ils comprennent tous immédiatement, sans autre explication, qu'il s'agit de dissoudre leur liberté de parole dans un charabia nébuleux. Daniel Mayer est assez content de son effet. Les applaudissements de la gauche, du centre et de la droite confirment que son appel a bien été entendu, et que son hommage aux soldats est unanimement approuvé. Les tirailleurs d'Abderrahmane-Chérif Djemad sont désormais bien loin. On en aurait presque le vertige, s'il ne s'agissait pas de véritables morts, de vrais cadavres.

Enfin, une fois que Mayer se fut rassis, une fois qu'il eut croqué, avalé et recraché à deux ou trois reprises son bouchon de stylo, une silhouette râblée, familière, monta lentement à la tribune. "La parole est à M. Mendès France".

## UN DÉPUTÉ

On toussote à droite et à gauche, les bancs craquent, les cuirs gémissent sous les arrière-trains prenant leurs aises et l'orateur pose devant lui sa liasse de feuilles mortes. "Aujourd'hui, dit-il, parlant ici en mon nom personnel, je veux affirmer qu'à mon avis il est devenu dangereux de taire la vérité au pays." Lorsqu'il entendit le mot "vérité", le président du Conseil, René Pleven, se redressa avec un air de désapprobation silencieuse. Dans les couloirs, on courut rameuter davantage de camarades, on battit le rappel des troupes. Des exclamations fusèrent un instant à travers la salle, mais, rapidement, le silence domina. Et Mendès reprit son discours.

Il affirma d'abord que pour réaliser nos objectifs en Indochine par le moyen de la force militaire, il faudrait obtenir rapidement des succès décisifs. Son regard doux, mais déterminé, balaya la salle, personne ne broncha. C'est que Mendès a le don de suivre le courant profond de ses pensées, il parle lentement, dans une langue prudente, raisonnable. Pour parvenir à nos objectifs militaires, ajoute-t-il, nous aurons besoin de trois fois plus d'effectifs sur place, ce qui veut dire : *trois fois plus de crédits*.

Ainsi, pas à pas, il entraînait la conscience de son auditoire sur un terrain plus rationnel que les orateurs qui venaient de le précéder, comme si ses opinions personnelles n'entraient pas en ligne de compte. Comme Pierre Cot l'avait fait ce matin, mais dans un langage soudain plus articulé, moins polémique, Mendès avança sans précipitation, sans jamais laisser à ses collègues le sentiment de valoir mieux qu'eux. Sa silhouette robuste faisait face à l'Assemblée, solide, modeste. Il tournait lentement les pages, relevait par instants la tête. Son visage semblait alors émerger sur un arrière-plan ténébreux.

"La vérité, reprit Mendès, le visage clos, presque triste, dans un moment où tant d'autres soucis nous accablent c'est que nous n'avons pas les moyens matériels d'imposer en Indochine la solution militaire que nous y avons poursuivie si longtemps."

L'émotion fut soudain très vive. Même les plus impénitents, même les plus coriaces des parlementaires-barriques, les plus somnolents, ceux qu'on croyait morts depuis plusieurs sessions, comprirent à ce moment-là qu'il était en train de se passer quelque chose. Et, en effet, Mendès en vint aussitôt au fameux déficit budgétaire. Lui-même est favorable à des mesures d'austérité, il l'a toujours été, renchérit-il, avec une bonne foi incontestable, levant les sourcils, comme il le fait toujours, l'air étonné, sincère. Les politiciens sont experts en toutes sortes de roublardises, ils jouent, le plus souvent fort mal, toujours le même rôle, mais la sincérité impressionne, elle les laisse démunis. C'est donc bien cela, se disent-ils : la guerre coûte trop cher.

C'est alors que les députés, abandonnant momentanément les consignes de parti, oubliant les intrigues, les marchandages de séance, redevinrent pour un court instant *des personnes*. Et non plus *des raisons sociales*. Les paroles de Mendès pénétraient les hommes, oh, pas de manière miraculeuse, mais leur portée raisonnable, le ton franc, convainquant de Mendès, ne pouvaient laisser aucun bourgeois indifférent. Il savait leur parler, s'adresser à eux dans leur langue, dans l'étroit périmètre de leurs intérêts. Et il essaya, ce 19 octobre, à 16 heures, d'y faire entrer quelque chose de plus grand.

Pourtant, malgré un indubitable succès – et cela se sentait dans les rangs, Mendès avait touché, il avait employé les mots justes, il avait ébranlé leurs consciences de notables –, malgré cela, Mendès dut soudain se sentir très seul. Bien sûr, il se doutait qu'il ne parviendrait pas à rallier ce jour-là une majorité à sa cause, il avait dû se dire que cela servirait plus tard ; et armé de cette conviction, il avait écrit son discours. Mais à présent, devant l'Assemblée, c'était un autre genre de conviction qui le guidait, une foi plus profonde, plus obscure, qui était sortie de ses mots eux-mêmes.

Un visage est toujours une difformité. Nos idées nous défigurent. Nous nous ressemblons. Pourtant, du haut de ce qu'on nomme avec trop de respect ou de componction une tribune, une parole peut soudain fendre un instant l'ordinaire concordance à soi. Et j'imagine qu'alors nos visages nous reflètent entièrement, comme s'ils avaient été peints, et que le pinceau du maître, sagace, lucide, doué de je ne sais quelle ardeur folle, puisse interrompre un instant, une seconde, le dialogue narcissique auquel nous nous livrons tous, jusqu'au plus profond de notre caverne, dans le pauvre mensonge que nous nous rabâchons, sans public pourtant, silencieux, seul, et, par soi, sans cesse, trompé. J'imagine que par la force des circonstances, du drame qui nous lie soudain aux autres, violemment, tristement, quelque chose se trouble dans ce qu'on appelle notre image, et que l'on puisse y apercevoir d'un coup, brutalement, pour la durée d'une éclipse, le litige persistant, renié, refoulé, entre ce pauvre amour de soi, enseveli, mais sans cesse entretenu par le petit travail de notre égoïsme, et autre chose qui nous est étranger, et qui est de l'intérêt de tous, et qu'on nommait jadis la vérité du temps.

Ainsi, ce 19 octobre 1950, Mendès sortit du rang. Son autre visage parut. Ce visage grave, et comme fendu, que, depuis, nous lui connaissons. Ce visage aux sourcils levés, trempant dans le doute, exposé. C'est si difficile de décrire un visage, mélange de chair et de pensée. Il y a dans le visage de Mendès quelque chose de rassurant et d'inquiet, de fragile et de cartésien, de coriace et d'hésitant, qui faisait son charme. Et lorsque quelqu'un dit la vérité, c'est-à-dire tâtonne dans l'obscur, cela se sent.

Il y eut alors un frémissement de tout l'hémicycle, une sorte de mouvement de houle silencieux. Les visages étaient surpris, tendus. Il fallait à tout prix éviter l'incident. Mais on n'eut pas le temps de réagir, Mendès était enfin parvenu au point clé de son discours : "L'autre solution, lança-t-il, d'un ton absolument dépourvu d'agressivité, consiste à rechercher un accord politique, un accord, évidemment, avec ceux qui nous combattent."

Tout le monde comprit aussitôt ce qu'il voulait dire. La formule semblait logique, affable, respectueuse même, mais elle recouvrait pour la plupart des députés quelque chose d'inadmissible. Alors Mendès leva à nouveau les yeux et regarda la foule de ses collègues. Quelques-uns semblaient se débattre encore, "Négocier avec le Viêt-minh, c'est une ligne rouge que nous ne franchirons jamais", pensaient-ils. Sur son banc, le gouvernement s'agitait. Et brusquement, Mendès sentit se retirer tout le sang de son visage, il eut l'impression d'être au bord de l'évanouissement. Pas à pas, tout au long de son discours, il s'était éloigné des positions de son parti, des positions de l'immense majorité de l'Assemblée, de ses propres positions mêmes, de toute sa politique antérieure, de celles de son milieu, de sa classe sociale, de celles de la grande coalition à laquelle, sans se le dire, il appartenait, de celles qui devaient lui permettre d'occuper un jour la place qu'il méritait, que tout le monde s'accordait d'ailleurs à lui prédire, et qui était la première, la présidence du Conseil ; et il sentit soudain en lui comme un blanc, une brèche entre ce qu'il pouvait être et ce qu'il était, entre ce qu'il espérait devenir et ce qu'il deviendrait, entre ce qu'il croyait et ce qu'il avait défendu, entre les siens et lui ; et la certitude de ce qu'il venait de dire l'envahit alors entièrement, il sut qu'il n'aurait absolument pas dû dire ça, que c'était en somme la dernière chose à dire, qu'il l'avait certes dite habilement, avec modération, dans les formes en usage, sans prononcer les noms qui fâchent, sans parler ni de colonialisme, comme Pierre Cot ce matin, ni du Viêt-minh, ni d'Hô Chí Minh, et même en évoquant respectueusement *nos* soldats, *notre* armée, le désastre de Cao Bang, d'un ton après tout pas si éloigné de celui de Daniel Mayer, d'un ton que le vieil Herriot n'aurait sans doute pas renié, et cependant, il l'avait dit ; il avait alors pris une position nouvelle, radicalement isolée ; et il sut aussitôt qu'il n'aurait pas pu dire autre chose.

Il releva la tête. Regarda l'hémicycle. À ce moment, son grand visage s'écarquilla. Et il sembla que l'expression "élu du peuple" voulait parfois dire quelque chose.

## COMMENT NOS GLORIEUSES BATAILLES SE TRANSFORMENT EN SOCIÉTÉS ANONYMES

CELA peut sembler curieux, mais il n'y avait, et il n'y a même jamais eu, aucun colon français établi à Cao Bang, nul quartier, nulle vie sociale européenne, pas un commerçant entreprenant, pas un hôtelier aventureux, pas un seul premier de cordée, personne. Et il faut ajouter qu'il n'y avait, et qu'il n'y a jamais eu non plus, aucun Européen à Dông Khê, aucun à Lang Son, aucun à Mao Khê, aucun à Lung Phai. La société des Mines d'étain de Cao Bang avait vu le jour en 1905 ; et pour fonctionner, elle n'avait besoin que de quelques ingénieurs, de contremaîtres européens, c'est tout, et pour se protéger, il lui fallait un poste militaire. En 1911, elle semble avoir été absorbée par les Étains et wolfram du Tonkin. Cette société anonyme, au capital de trois millions huit cent mille francs, possède, comme toute personne morale, ce qu'on appelle un siège, un domicile juridique, bien loin du Haut-Tonkin, bien loin de Cao Bang, mais pas très loin du palais Bourbon, boulevard Haussmann, dans le 8e arrondissement de Paris, à deux pas de la Banque d'Indochine qui détenait de sérieux intérêts dans l'affaire. Dix ans plus tard, son capital est de sept millions, douze ans plus tard, il est de vingt-quatre millions, et à la veille de la guerre mondiale, il est de trente-six millions, chiffres qui donnent le vertige. Ce n'est donc pas pour un simple poste avancé, perdu dans la jungle que l'armée se bat, ni pour quelques colons français égarés, et l'on devrait, par souci de précision, rebaptiser la *bataille de Cao Bang*, à propos de laquelle s'écharpe le parlement : *bataille pour la société anonyme des Mines d'étain de Cao Bang* ; cela lui conférerait sa véritable importance.

Mais il n'y a pas que la bataille de Cao Bang qui devrait porter un nom de mines. La bataille de Mao Khê, qui aura lieu quelques mois plus tard, en mars 51, pourrait être rebaptisée, elle aussi. On pourrait tout aussi bien l'appeler : *bataille pour la Société française des charbonnages du Tonkin*, et au lieu du corps à corps sanglant que relatent nos livres, on devrait aussi raconter, dans un registre moins romanesque, mais au fond plus tragique, comment les quatre cents hommes de troupe renforcés par le 6e bataillon de parachutistes coloniaux, trois destroyers, deux péniches de débarquement, et l'utilisation finale de bombardiers et de chasseurs répondaient à l'appel déchirant que lui avaient lancé depuis Paris, à une échelle invisible de nous, et par un jeu de réverbération délicat, les vingt mille hectares sur lesquels s'étendait le domaine houiller de Mao Khê, que 78 760 actions se partageaient alors. Et l'on pourrait, entrelaçant Homère à l'économie de marché, chanter les 393 millions de capital que défendirent vaillamment les bombardiers B-26 et les chasseurs Hellcat, puisque c'est bien, sans erreur possible, en direction de la mine de charbon que l'attaque du Viêtminh avait été lancée.

Quant à la bataille de Ninh Bình, trois mois plus tard, contentons-nous de célébrer sans emphase l'intrépide *bataille pour la société anonyme des Charbonnages de Ninh Binh*. Et celle d'Hòa Bình, en décembre 51, n'a-t-elle pas, elle aussi, un capital et un chiffre d'affaires ? Et ne pourrait-on pas, à son tour, la rebaptiser : *bataille pour la société anonyme des Gisements aurifères d'Hoa Binh* ? On comprendrait mieux la fureur des combats. Et la fameuse bataille de Dông Triêu, ne fut-elle pas livrée en même temps par le corps expéditionnaire français et par la chambre de commerce de la Seine ? Et les cinquante et un morts du 6e bataillon de parachutistes coloniaux furent-ils bien sacrifiés pour la France ou pour M. Pierre-Charles Bastid, membre du conseil d'administration des Charbonnages, directeur général des Étains et wolfram du Tonkin, directeur général des Étains de Pia-Ouac, ingénieur conseil pour la Banque d'Indochine, administrateur des Établissements Eiffel et des Mines d'or d'outre-mer ; n'est-ce pas plutôt pour lui qu'on se battait ? Et les véritables généraux de cette bataille, s'appellent-ils vraiment Jean de Lattre de Tassigny et Raoul Salan, ne s'appellent-ils pas plutôt Varenne, Étienne, Bastid et Moreau-Defarges, membres du conseil d'administration des Charbonnages, et ne devrait-on pas alors l'appeler : *bataille pour la société anonyme des Charbonnages de Dong Trieu*, dont le compte, n° 38056, se trouve, comme sans doute tous les autres, à la Banque d'Indochine, 96, boulevard Haussmann, à Paris ? Et voilà comment nos héroïques batailles se transforment les unes après les autres en sociétés anonymes.

# LE CAÏD DE L'EURE-ET-LOIR

La séance continua jusqu'à 19 heures, puis fut levée, reprit à 21 heures, et jusqu'à 22 heures il ne se passa rien, absolument rien. Bien sûr, les communistes et l'ensemble des autres députés s'engueulèrent copieusement, mais en réalité il ne se passa rien de notable ; c'était là un début de soirée normal. Quand l'impression pénible fut dissipée, que les arguments de Mendès se furent évaporés sous la grande verrière, on se contenta de faire l'aller-retour de son pupitre à la buvette, et une fois siroté un Martini, un camarade vous remorquait jusqu'à l'hémicycle où l'on continuait de causer à voix basse.

Soudain, aux alentours de 22 h 10, Maurice Viollette ouvrit la bouche. Il s'était inscrit pour la discussion générale, et son tour arrivait. C'était sans doute la principale figure politique d'Eure-et-Loir du XXe siècle, ce qui est à la fois beaucoup et peu dire. L'homme qui se lève, ce 19 octobre, incarne superlativement l'Eure-et-Loir, morceau de Beauce et brin de Perche, composé d'industrie, de blé et d'élevage. Maire de Dreux pendant cinquante ans, il règne sur son département, il est un Charlemagne de bureau de tabac, le caïd d'Orgères-en-Beauce, le grand homme de Châteaudun. Lorsqu'il soulève son corps à la fois lourd et sec, ce corps étrange des vieillards, Maurice Viollette a quatre-vingts ans. Il était déjà député en 1902. Il a été ministre du Ravitaillement pendant la Première Guerre mondiale et gouverneur général de l'Algérie sous le Cartel des gauches. C'est donc une autorité, que dis-je, un monument qui se ramasse et se lève à vingt-deux heures et dix minutes, le 19 octobre 1950. Mais il faut encore mettre un visage sur cette description sommaire, il faut poser une tête sur le costume. Maurice Viollette n'avait pas du tout, mais alors pas le moins du monde la trombine de son nom, autrement dit, entre son nom et sa figure le divorce est complet. Autant le nom est engageant, Viollette, doux, amusant même, autant le visage est rebutant, sévère, presque méchant.

Maurice Viollette se tenait debout, sa seule façon d'être imposait le silence. Il représentait alors ce qu'on appelle, en ampoulant le vocabulaire, une autorité morale. Son discours était destiné à Pierre Mendès France, il avait pour objectif de ruiner l'effet produit par Mendès, laver l'affront. "Le jour où nos combattants d'Indochine apprendraient que nous nous sommes rapprochés de leur ennemi, déclara le patriarche d'un ton empreint de gravité, le jour où ils apprendraient que nous pensons à négocier une sorte d'armistice comme celui de 1940, les armes leur tomberaient des mains." Puis il ajouta, emphatisant sa période : "Non ! je vous en prie." Le centre et la droite applaudirent, et l'on battit des mains sur plusieurs bancs à gauche.

Il est un point en politique où toutes les convictions échouent, où les bonnes intentions font naufrage. Peu importe alors qu'on ait été un administrateur colonial *progressiste*, comme le fut un temps Maurice Viollette, peu importe qu'on fût défenseur des droits de l'homme, soucieux du sort des indigènes, peu importe qu'on lègue par testament trois cent mille francs à sa ville natale, dont le revenu devra être distribué chaque année aux familles nécessiteuses du canton, peu importe qu'on ait fait don de sa demeure bourgeoise à sa bonne ville de Dreux, peu importe qu'on ait rédigé ces petits codicilles dans son jardin d'hiver, entre un plant de giroflier et un avocatier moribond, et peu importe encore qu'on ait gratifié telle ou telle association charitable de sa pendule de Barbedienne, en marbre griotte et bronze, peu importe que tout cela ait meublé votre chambre à Janville, votre maison de maître à Dreux ou orné la salle d'attente de votre cabinet de Chartres, l'essentiel réside dans le parfait ajustement de tout, l'essentiel se tient de part et d'autre des appliques de votre salon, entre les têtes de lion tenant un anneau à la gueule.

Notre vaisselle, la qualité de nos couverts, nos ronds de serviettes et nos bacs à glaçons témoignent de nous-mêmes aussi bien que nos opinions. Nous sommes les choses que nous possédons. Et ce grand fait de posséder nous emporte loin, très loin. Jusqu'au point où il faut écouter les paroles de Maurice Viollette une seconde fois pour mesurer leur violence : "Le jour où nos combattants d'Indochine apprendraient que nous nous sommes rapprochés de leur ennemi, le jour où ils apprendraient que nous pensons à négocier une sorte d'armistice comme celui de 1940, les armes leur tomberaient des mains."

L'important ici, ce n'est pas le découragement des soldats, la plupart d'entre eux viennent d'Afrique du Nord, comme l'a rappelé tout à l'heure Chérif Djemad, ce sont des bataillons de coloniaux, et ce n'est sans doute pas l'amour de la patrie qui les a envoyés tout là-bas, en Indochine. L'important tient en une analogie. Maurice Viollette compare. Il apprécie l'attitude de Pierre Mendès France au regard du passé, il évalue la proposition de Mendès en la rapprochant d'un autre événement : juin 1940.

Ainsi, subrepticement, il assimile Pierre Mendès France aux partisans de l'armistice, à Laval, à Pétain. Comme c'est étrange ! Comme cette comparaison est bizarre, déplaisante. Ceux qui applaudissent à gauche et à droite n'ont pas l'air de le remarquer. Frédéric-Dupont, cramoisi par les libations accomplies à la buvette, exulte. Il trouve sans doute normal que l'on compare le point de vue de Mendès au défaitisme de juin 40, comme le fera à son tour Edmond Michelet, deux heures plus tard, renouvelant l'anathème. Michelet profitera d'ailleurs de sa tirade pour cingler les socialistes et les rappeler à l'ordre, eux aussi. Après tout, si Mendès était demeuré seul, à jouer la sentinelle morale, ce ne serait pas si grave, mais il risque de faire basculer le groupe socialiste, et là, ce serait la grande coalition qui s'effondrerait.

Edmond Michelet : "L'attitude de M. Mendès France, qui a été approuvée, je le répète, par le groupe socialiste, est celle de l'abandon, celle de Vichy en dernière analyse."

Protestations à gauche et au centre.

Le président. "Je vous rappelle à l'ordre."

Edmond Michelet : "Il faut dire les choses telles qu'elles sont. (Nouvelles protestations.) Je dis que toute politique actuelle de capitulation en Indochine s'apparenterait à celle de Vichy."

Il fait nuit. Mendès écoute sans broncher. Il encaisse. Mais à l'intérieur de l'homme, derrière sa pudeur réelle, sa contenance, une étincelle dut flotter dans la cendre. Peut-être s'est-il alors souvenu du catalogue de l'exposition antijuive organisée en 1941 par *L'Illustration* au palais Berlitz, dans lequel, tandis qu'il est en fuite, hébergé sous un nom d'emprunt, grimé, affublé de moustaches, vêtu d'un vieux costume élimé et portant le béret, il se découvre avec stupeur, parmi les mannequins exposés, incarnant *le Juif*. Bien sûr, la capitulation, c'est toujours *Munich* ou *Vichy*, lieu commun de la rhétorique de tribune, mais dans ce cas, s'adressant à Mendès, dont la vie fut menacée, et comme homme politique, et en tant que Juif, cette accusation devient mortifiante. C'est pourquoi, quand Edmond Michelet évoque Vichy en le désignant, au beau milieu de l'Assemblée, tranquillement, sûr de son droit et peut-être de son effet, apparentant insidieusement sa position politique au régime de Pétain, il ose un parallèle déplacé, indécent, il rapproche Mendès de ceux qui ont cherché à le faire mourir.

*

Nos manuels scolaires définissent la IV^e^ République par son instabilité, rabâchant la thèse gaullienne, sans la mettre à l'épreuve des faits. Pourtant, en dépit de la valse des gouvernements, à y regarder plus attentivement, une furieuse continuité domine. Les gouvernements de la IVe République se font en vase clos, comme si on remuait sans cesse le même cornet rempli des mêmes petits papiers. Ainsi, Bidault sera ministre des Affaires étrangères des gouvernements Ramadier I, II, du gouvernement Schuman I, puis il sera président du Conseil, vice-président du Conseil des gouvernements Queuille II, III, de Pleven II, d'Edgar Faure I, de nouveau ministre des Affaires étrangères de Mayer I, et enfin de Laniel I, si bien qu'en dépit des discontinuités apparentes, durant une période de sept ans, il aura été au gouvernement presque cinq années. Et l'on pourrait faire le même constat pour tous, Teitgen, Faure, Pleven, Mayer, on pourrait suivre leurs nominations plus ou moins prestigieuses au sein de l'édifice gouvernemental, comme si leurs différends, leurs oppositions chaque jour ardemment mises en scène, n'étaient en réalité que les variations modestes d'une même conception, que la république n'était pour eux qu'une combinaison limitée d'opinions, les assignant ainsi aux premiers rôles, solidaires, immuables, l'éternité au cœur du temps.

Quant à la nomenclature des gouvernements, on dirait une liste de pharaons : Schuman I, Schuman II, Queuille I, Bidault II, Bidault III, Queuille II. Et sous Queuille I, Edgar Faure est aux Finances, Jules Moch à l'Intérieur, Schuman aux Affaires étrangères, Ramadier à la Défense nationale, puis sous Bidault II, Queuille est vice-président du Conseil, Schuman reste aux Affaires étrangères, Jules Moch à l'Intérieur, Edgar Faure aux Finances, et René Mayer devient garde des Sceaux. Et nous pourrions continuer ainsi pendant des heures, des heures où défileraient les dix ou quinze membres du club des présidents du Conseil comme le zodiaque dans le ciel.

Et si l'on est attentif à cette immense stabilité, à cet immense édifice qu'est le pouvoir, à cette immense communauté de poncifs, d'intérêts et de carrières, les tirades dissonantes de Maurice Viollette et d'Edmond Michelet prennent soudain une signification plus large, ce ne sont plus de simples indélicatesses, des effets de rhétoriques isolés, révoltants ou maladroits. Car Viollette est un radical, comme Mendès, il a été ministre du Front populaire, comme lui, la virulence de son attaque est donc surprenante. Et puis, celle-ci est relayée deux heures plus tard par Michelet, qui fut résistant, comme Mendès, n'ayant pas hésité à sauver des Juifs pendant la guerre, en leur faisant passer de faux papiers, et qui fut déporté à Dachau. Si l'on s'en tient aux protagonistes, si on se contente de les regarder chacun dans les yeux, on ne peut rien comprendre. Pour bien saisir ce qui se passe, il faut élargir le champ, il faut contempler l'édifice entier, scruter la chose épaisse, massive, allégorique, le palais Bourbon.

Les pierres sont froides. La République se tient sagement dans sa niche de marbre. Les pigeons dorment sous les frises. Devant les groupes de statues, des cordons rouges empêchent d'approcher, défendent le patrimoine. Tout a été nettoyé, lustré. Les législateurs antiques se tiennent aux quatre coins de la salle, dans le dos des gardiens. Chaque matin, une brigade d'employées de ménage époussette le col de Jaurès, rince les lèvres d'Albert de Mun, cire leurs chaussures de pierre. Ainsi, ce 19 octobre 1950, ce n'est peut-être pas Viollette à proprement parler qui tente d'intimider Mendès, ce n'est peut-être pas Michelet qui prononce ces mots offensants, c'est la stabilité même de l'édifice qui les prend pour porte-paroles, c'est le régime politique lui-même qui s'adresse à Mendès par leur bouche, leur fait solennellement élever la voix et prononcer ces paroles étranges, menaçantes.

Maurice Viollette est vieux, terriblement vieux, il semble épuisé sous la pâle lumière de l'immense marquise. Face à cette multitude de visages approbateurs, il est comme plume au vent, paille dans la marée, il se laisse emporter par la sympathie qu'on lui manifeste. Des députés se sont levés pour l'applaudir. Ce n'est pas comme pour Juge, ce matin, ou Chérif Djemad que personne n'écoutait, à présent tout le monde est attentif, Frédéric-Dupont exulte, Max Brusset exulte, l'hémicycle entier est suspendu à ses paroles. Alors, Maurice Viollette s'affranchit du passé, il oublie le visage de Blum, il oublie à la fois la douceur et la détermination de Léon Blum, tout cela s'efface sous les encouragements de ses confrères, il oublie les injures subies, il oublie les cris de haine, *"À mort Blum ! Blum au poteau !"*, il oublie les canailles qui, le 13 février 1936, se sont ruées sur le futur président du Conseil au sortir de l'Assemblée, ont attaqué la voiture où il se trouvait, arrachant la rampe d'éclairage, défonçant la vitre arrière, et frappant à la tête Léon Blum, bientôt couvert de sang ; il oublie les congés payés, les hausses de salaires qu'il avait jadis défendues, la retraite des mineurs, son soutien aux républicains espagnols, il oublie même cette offense curieuse qu'on lui avait pourtant faite dans le temps, cette insulte d'avant-guerre : *anti-français* ; et dans une sorte d'ivresse bizarre, oubliant la pénible impression qu'il venait d'éprouver, chassant de sa mémoire le visage de Blum, le sourire triste et profondément intelligent de Léon Blum, qui lui revint alors une toute dernière fois au moment de passer à l'acte, comme le signe indulgent, fraternel de ce qu'il avait fait de mieux, oubliant les enfants qu'il n'avait pas eus, les tendresses qu'il n'avait pas connues, les personnes qu'il avait aimées, les inconnus qu'il avait aidés, il éprouva un raidissement déplaisant de tout son être, et reprit de plus belle sa harangue :

"On dit, sans doute : la guerre !" lance alors le vieil homme dans une reprise inespérée. “Seulement prenez garde, pour éviter une guerre, vous allez l’allumer partout”, rugit-il. “Si vous commettez la faute d’engager les négociations, c’est-à-dire d’abdiquer devant Hô Chí Minh, il faudra demain abdiquer à Madagascar, en Tunisie, en Algérie et, le cas échéant, gronde-t-il devant une salle électrisée, peut-être qu’il se trouvera des hommes pour dire qu’après tout, la frontière des Vosges suffit à la France. Quand on va d’abdication en abdication, on va à la catastrophe et même au déshonneur.” De nombreux bancs manifestent leur soutien par des applaudissements nourris. Les langues brûlent, on s’anime excessivement, les bonnes manières fondent comme un pain de savon. Et Viollette termine enfin son discours par une mise en garde effroyable, presque fantastique : “Toute faiblesse de notre part entraînerait l’effondrement de notre pays.”

Cette fois, les applaudissements sont vifs, prolongés ; à droite, au centre, comme à gauche. C’est un succès, la pièce de théâtre devrait tenir ; et en effet, elle restera à l’affiche encore quatre ans.

## *MEET THE PRESS*

CHAQUE jour, nous lisons une page du livre de notre vie, mais ce n'est pas la bonne. Et, chaque jour, nous recommençons. Ainsi, après le désastre de Cao Bang, comme si un militaire de haut vol pouvait changer le cours des choses, on nomma de Lattre de Tassigny haut-commissaire et commandant en chef en Indochine. Il arrive à Saigon début décembre, développe au pas de charge l'armée nationale vietnamienne et remporte avec elle d'éphémères victoires à coup de concentrations inédites de troupes et de bombardements au napalm dont il sera l'un des premiers à faire un usage massif.

Enfin, de Lattre fit le tour du globe pour défendre la cause de l'Indochine, celle du monde libre. Il rencontra Truman à Washington, le pape à Rome. Mais le sommet incontestable de sa tournée, ce n'est ni sa demi-heure à la Maison Blanche, ni sa visite au Vatican, c'est sa participation hautement improbable à l'émission politique de très grande audience sur NBC : *Meet the Press*.

C'est avec tact, amabilité, et dans un français impeccable que Henry Cabot Lodge entraîne de Lattre en coulisse. Le général lui fait part de ses inquiétudes, son anglais est si faible, et puis il n'est jamais passé à la télévision ! Cabot le rassure, les chroniqueurs veilleront à ne pas le bousculer, la réputation de tribunal que connaît l'émission est largement surfaite. Certaines questions auront l'air abrupt pour le spectateur, mais n'a-t-il pas reçu l'assurance qu'on ne sortirait pas du périmètre de ses interventions précédentes ? C'est vrai. De Lattre soupire. On lui présente l'équipe de maquillage, il serre les mains sans y penser puis il s'affaisse dans l'immense fauteuil en simili. Une assistante tourne la molette et le fauteuil monte, monte. De Lattre plonge la tête en arrière, ferme les yeux. Il n'y a plus personne. Le bruit cesse. Même Cabot Lodge n'est plus là. De Lattre abandonne ses bras aux larges accoudoirs, sa tête tombe en arrière. Mon général ! Un instant, il lui semble être vêtu de paille, comme il fait chaud ! Le soleil, mon Dieu, le soleil ! Il ouvre un œil, se retrouve face à une fantastique rangée de néons, la maquilleuse le regarde, elle est en train de déposer autour de son cou une rondelle de kleenex.

Soudain, la présentatrice vedette de *Meet the Press*, Martha Rountree, entre dans la loge. Elle glisse un mot de bienvenue que de Lattre ne comprend pas. On le lui traduit, c'était pourtant du français, elle avait fait l'effort d'apprendre une tournure de politesse. Le général se lève trop vite, et il tombe presque du grand fauteuil ; une fois debout, il répète à tout bout de champ : *"I am very pleased to be here"*, en hochant mécaniquement la tête. Sa rigidité est affligeante à côté de l'aisance de la présentatrice américaine. Enfin, après quelques muettes affabilités, Miss Rountree conduit de Lattre jusqu'au plateau et l'invite aimablement à prendre place à côté d'elle. Générique.

Sous les projecteurs, face aux invités, de Lattre se sent soudain mollir, son ventre lui fait mal, son pantalon le serre, il rajuste nerveusement sa cravate. Cabot lui a dit que l'émission pouvait rassembler plus de dix millions de téléspectateurs et qu'elle serait sans doute, sous l'impulsion du Pentagone, reprise par une bonne quarantaine de chaînes de télévision. Maintenant, cette excellente nouvelle lui fait peur, quarante chaînes !

Miss Rountree : "Bonjour mesdames et messieurs, membres du panel de presse, et notre invité très spécial, le général de Lattre. Il est heureux que nous ayons aujourd'hui à nos côtés le sénateur Lodge, car mon français n'est pas très bon." Après cette petite entrée en matière aimable, Martha Rountree, l'impitoyable Martha Rountree, d'une voix qui incarne parfaitement la réussite, la rationalité, la fausse transparence du journalisme, de sa langue nette et déliée, enchaîne sans transition superflue : "Maintenant, la parole est à M. Spivak pour la première question."

Spivak : "Général, je sais que ce voyage aux États-Unis n'est pas un voyage d'agrément. Attendez-vous de nous une aide pour votre guerre en Indochine ?"

La question est directe. Toute la salive quitte brusquement la bouche du général. Et pourtant, malgré ses lèvres qui lui collent aux dents, malgré sa gorge nouée et l'angoisse qui lui comprime atrocement le ventre, de Lattre se met à parler : *"I shall answer in one minute. But before will you allow me to say something? My english is poor, very poor."* Mais la retranscription des mots qu'il prononce alors ne rend pas compte de son vertige. Il faut le voir et l'entendre. D'une voix saccadée, de Lattre bredouille en s'agitant : *"You know, I came here in the spirit of a Chief, military chief, was as I told you, the responsibility of the great battle..."*, et là... points de suspension, de Lattre s'enfonce dans le sable des mots, on n'y comprend plus rien, et il a beau agiter les bras, prendre l'air le plus pugnace qu'il peut, ses paroles ne veulent rien dire, et il continue en roue libre un petit moment, totalement égaré dans cette langue étrangère, à mille lieues de toutes significations claires, barbotant dans l'océan primordial des signifiants.

Enfin, de Lattre se ressaisit, la phrase lui revient, l'une des seules choses importantes qu'il doit absolument dire, fût-ce au milieu du pire charabia, cette phrase que ses conseillers lui ont fait répéter, répéter, que Cabot Lodge lui a appris à prononcer avec un accent le moins désastreux possible, afin qu'il ne l'oublie pas sur le plateau de télévision. Et voici que cela lui revient, et peu importe si ce n'est pas le moment, il vaut mieux la caser n'importe où que de l'oublier carrément. Alors les poings en avant, martelant ses mots, de Lattre déclame : *"I did not come to ask American soldiers."*

Les spectateurs américains durent être stupéfaits. Était-ce un canular, une blague ! Même le volapuk est parlé par vingt personnes dans le monde, mais l'anglais de Lattre n'a qu'un seul locuteur, le général lui-même. Et voici qu'il s'adresse en direct à dix millions d'Américains, traduisons : "Vous savez, je suis venu ici dans l'esprit d'un chef, chef militaire, c'est comme je vous l'ai dit, la responsabilité de la grande bataille, mais bien la responsabilité du destin et de la vie de ses sujets." Quel prodigieux charabia, c'est merveilleux, le vertige du non-sens. C'est soudain l'Histoire en personne qui parle, avec sa luette en forme de pendule et ses dents qui lacèrent. Et pourtant le spectateur, aidé par les innombrables commentateurs, retiendra l'essentiel, à savoir que de Lattre n'est pas ici pour réclamer des soldats américains mais du matériel. Voici de quoi le rendre sympathique ce général Tapioca au ton acerbe, il ne vient pas nous prendre nos enfants !

L'entretien continue, les aiguilles tournent et Spivak se penche en avant, d'un mouvement énergique, comme s'il allait à présent poser exactement *la* question que nous voulions poser. Spivak est fort, vraiment très fort, il sait parfaitement donner le sentiment qu'il va être direct, ne pas prendre de gants, et l'espèce de retrait que l'on sent dans son regard semble un gage d'impartialité : "Pouvez-vous nous dire maintenant quelle est l'importance de l'Indochine pour nous Américains ?"

Comme d'habitude, la question a quelque chose d'abrupt, mais en réalité elle est faite sur mesure. On dirait qu'elle a été rédigée par le service de communication de l'armée. Et pourtant, de Lattre s'embourbe, il cherche ses mots. À ce moment-là, n'importe quel mot ferait l'affaire, un tout petit mot oublié, un spasme même, un soupir. De Lattre avance dans le désert du langage, là, entre le sable des mots et le vent du sens. Il est tombé dans une sorte de tempête sourde. Pas un bruit. Mais où sont donc les petits mots que Cabot Lodge lui a appris, laborieusement appris, et qu'il lui a fait répéter une dernière fois, devant les toilettes, tout à l'heure ? Les cherchant désespérément sur son crâne, il se passe la main dans les cheveux, mais la laque est trop lourde et ses cheveux pèguent. Alors, comme s'il jaillissait brusquement hors de l'eau, le général reprend sa respiration et ajoute : "que l'Indochine est la clé de voûte du Sud-Est asiatique, et que cette clé de voûte est encerclée..."

Ouf. Le propos est presque clair. Les chroniqueurs sont soulagés. À peine se sont-ils secrètement félicités d'être revenus à la norme d'une émission de grande écoute, que de nouveau le général patauge. Mais qu'est-ce qui lui prend de continuer à parler, c'était bien assez ! Spivak voudrait lui venir en aide, mais il ne peut faire son tour de prestidigitation tout seul, cela se verrait trop, ce serait trop acrobatique, il lui faut un partenaire, c'est là qu'intervient Cabot Lodge. Son rôle est pratique, neutre, il semble là pour rendre service, comme s'il n'avait d'autre intérêt à l'affaire que d'aider un vieil ami et de servir d'interprète sur les plateaux télé.

Alors, comme s'il souhaitait obtenir une précision nécessaire, comme s'il parlait au nom de ceux qui ne disposent pas encore de renseignements suffisants et qui souhaitent, le plus honnêtement du monde, en savoir plus, Cabot Lodge demande à son vieux copain : "Vous pensez que si l'Indochine tombe, tout le Sud-Est asiatique est perdu ?"

De Lattre : "Oui, je le pense. Si vous le voulez, je peux expliquer pourquoi."

Surtout pas. Les techniciens accomplissent leur ballet en silence, ils sautillent entre les lianes, avancent à pas de loup. Et sans hésiter, Spivak reprend aussitôt la main, rajustant sa belle cravate à rayures, il lance à son tour à de Lattre une bouée de sauvetage : "Pensez-vous que ce soit aussi important pour nous que la Corée par exemple ?"

Et là, le général a beau être maladroit, vertigineusement maladroit, une perche aussi grosse, il parvient tout de même à s'en saisir, et puis, avec Cabot, n'ont-ils pas répété le numéro à deux ?

De Lattre : "Je crois qu'il n'y a pas seulement un parallèle entre la Corée et l'Indochine", déclare-t-il soudain, l'air docte.

“C’est exactement la même chose.” À cet instant, de Lattre tient son numéro, il va pouvoir prononcer quelques mots faciles mais lourds de sens. Il fait de grands gestes bizarres, à l’éloquence lyrique un peu raide : “En Corée, ajoute-t-il, sûr de son effet, vous vous battez contre les communistes. En Indochine, nous nous battons contre les communistes.” Parfois, les comparaisons les plus simples sont les plus saisissantes. “La guerre de Corée, la guerre d’Indochine, c’est la même guerre”. Voilà.

*

Dieu que c’est long une émission de télévision, et qu’il fait chaud dans les studios de la NBC, et ces techniciens qui remuent sans cesse, ne peuvent-ils donc pas rester tranquilles ! De Lattre est tendu, affreusement tendu. Les ampoules brûlent. Les projecteurs changent de place comme des lumières errantes.

Enfin, McDaniel reprend le flambeau des questions. Il s’adresse au général avec douceur mais sa question est un peu plus pénible que prévu : “Il y a un an ou deux, la guerre d’Indochine, d’après ce que nous entendions, n'était pas populaire dans votre propre pays..."

Général de Lattre : "Je vous répondrai très clairement. Voyez-vous, nous faisons en Indochine en ce moment une guerre qui est absolument sans intérêt matériel pour mon pays. Nous avons donné aux nations associées leur indépendance et je vous dis avec toute ma loyauté que cette indépendance n'est pas un mot, mais un fait réel."

Ça y est, de Lattre a réussi à placer ce mot essentiel : *indépendance*. Et cela, sans que l'expression *guerre coloniale* n'ait eu besoin d'être prononcée. L'occasion est alors trop belle, le sénateur Lodge saisit la balle au bond, et, de sa voix la plus claire, la plus douce, il reformule en une apparence de question l'essentiel du propos, le message que les spectateurs doivent absolument retenir, et d'une voix ferme, mais altière, celle des Cabot, opérant un détimbrage extrêmement délicat, il avance : "Les États d'Indochine ont maintenant leur indépendance, c'est ce que vous voulez dire ?"

Ils sont faits pour ça les Cabot, depuis que leurs ancêtres ont posé une bonne fois pour toutes leurs gigots sur un fauteuil confortable après avoir gagné assez de pèze pour ne plus rien foutre pendant une bonne centaine de générations, depuis qu'ils font partie de la haute société, ils jabotent. Et il faut avoir entendu Henry Cabot Lodge aux Nations unies discourir, pour savoir ce qu'est une langue prépotente, caractéristique, pour bien sentir combien le français du pauvre de Lattre, mais le nôtre aussi bien, et l'espagnol, et le russe, et le chinois même, ne sont désormais plus que des idiomes folkloriques, dialectes ravalés par la voix supérieurement chaude et glacée des Cabot au rang de phénomènes locaux, provinciaux.

C'est alors qu'en professionnelle consommée, Martha Rountree change de ton pour une note pathétique, brève, mais efficace, et lance brusquement au général : "Votre propre fils a été tué, général.

— Oui, répond de Lattre.

— C'était tout récemment, n'est-ce pas ?

— Dans la nuit du 30 mai."

La pluie coule sur les vitres. La pluie de Saigon. La pluie. Le général est seul à présent dans une petite barque qui pourrit le long du rivage. La brume envahit le studio, la buée coule sur les réflecteurs. De Lattre fixe des yeux un point invisible. Mais l'émission continue. On étale la vie privée, et puis on la remballe comme un morceau de fromage. Et les questions se succèdent, et de Lattre répond, se perd, répond, s'enfonce dans la langue anglaise comme dans la forêt tropicale. Enfin à propos du développement d'une armée vietnamienne, Cabot le pousse gentiment dans ses retranchements, réclamant de lui qu'il surjoue la partition du chef de troupe, cherchant à mettre en valeur sa tonalité virile qui, sans cela, finirait par lasser : "Vous dites que ce sont de bons soldats et que vous pourrez faire de ces autochtones des parachutistes ?"

"Des parachutistes ?" s'exclame de Lattre. "Je pense qu'il n'y a pas de jeunesse dans le monde aussi prête à faire si vite des parachutistes." Mais une fois ce plat compliment maladroitement débité, il ne peut s'empêcher de faire une mauvaise blague sur le gabarit des Indochinois qui, trop légers, mettraient du temps à regagner le sol. À ce moment, la porte bâille, on aperçoit le racisme ordinaire de l'armée, et l'on repense alors à cette petite note écrite trois ans plus tôt, après un exposé de son vieux camarade, le général Valluy, dans laquelle de Lattre écrit : “Il y a le problème indochinois – (laotien) (cambodgien)… faible, très différent des petits singes que sont les Annamites.”

Après une nouvelle série de questions, l’émission se termina. Miss Rountree interrompit le général au bon moment, à un moment conclusif, malgré lui. Elle remercia très poliment de Lattre et le sénateur Cabot, et enfin, adressa un compliment au général pour son anglais.

## UNE SORTIE HONORABLE

AINSI, la guerre, et sa litanie de violences, durait depuis le tout début de notre conquête tant les peuples s'accoutument mal d'être assujettis. Mais à partir de 1945, notre puissance ayant décliné, il devint de plus en plus difficile de se maintenir, et après le désastre de Cao Bang le sort de la colonie paraissait scellé. La guerre coûtait décidément trop cher. L'opinion se lassa. Les minces victoires obtenues par de Lattre avaient réclamé une mobilisation exceptionnelle pour un résultat dérisoire. Et puis de Lattre mourut, il fallut donc trouver autre chose. Or, l'expression qu'on entendait le plus, la réplique qui revenait souvent, la petite rengaine qu'on serinait sans cesse, parmi ce qu'on baptiserait de nos jours les éléments de langage, c'était l'espoir d'*une sortie honorable*. Mais on était bien embarrassé. On s'était tant pris les pieds dans le langage des responsabilités depuis huit ans. On adopta donc, une nouvelle fois, une attitude des plus solennelles, car pour cette tâche difficile, relancer la guerre pour en finir et reconquérir l'Indochine avant de la quitter, il fallait bien trouver quelqu'un. Sept commandants en chef s'étaient déjà succédé. Il y avait eu le grand Leclerc, Valluy, Salan par intérim, Blaizot, Carpentier, de Lattre, et de nouveau Salan par intérim. On en nomma donc un huitième : le général Henri Navarre. On le nomma pour trouver une solution introuvable, à un poste dont plus personne ne voulait.

Henri Navarre était cultivé, cassant, sûr de lui et froid, à ce qu'on raconte. Sa mère était apparentée d'un côté à Murat, de l'autre on avait raffiné du sucre dans le Calvados et on était devenu riche. Cette dynastie bourgeoise avait été, tour à tour, républicaine modérée durant la République, puis conservatrice durant le Second Empire et, à sa chute, elle avait soutenu Ferry. On raconte qu'ils possédèrent une quarantaine d'immeubles dans Paris et se fourvoyèrent dans diverses manipulations boursières. On raconte encore qu'une de ses aïeules, devenue veuve, se serait installée toute seule dans un petit deux-pièces près de Saint-Lazare et aurait avec son argent financé des logements ouvriers ; grâce lui soit rendue.

Vers sa majorité, il fut cornichon, c.-à-d. élève aux classes préparatoires à Saint-Cyr, dans la cavalerie. Il avait appris à escalader un cheval dans la propriété de son grand-père, entre l'allée de platanes et les rangées de buis. Il eut la croix de guerre en 1918, servit en Syrie, en Allemagne, et on dit qu'il mit au point, en 39, un projet d'attentat suicide contre Adolf Hitler. Puis il suivit Weygand à Alger avant d'entrer dans la clandestinité en 42. Après la guerre, il se retrouva en Allemagne puis en Algérie puis encore en Allemagne, et c'est en mai 53 qu'il est nommé commandant en chef des forces françaises en Indochine. Il prend alors ses cliques, ses claques, et quitte la France. Il allait avoir cinquante-cinq ans. Voilà où nous le trouvons, intelligent, avec une grande clarté d'exposition, un peu hautain peut-être ; les ministres voyaient en lui un militaire raffiné et sachant se tenir en société. Henri Navarre était petit. Pas très petit, mais assez petit il me semble. Je le tiens d'une photographie où il pique une médaille sur le torse de Cogny. Il a une tête de moins et un gabarit de jeune fille, son visage est curieusement pincé.

Mais qui était Navarre ? Je l'ignore, tout le monde l'ignore, quand bien même nous disposerions de tous les documents, lettres, notes, ouvrages, photographies, quand bien même nous aurions vécu trente ans dans la même cellule, quand bien même nous aurions été son père, son fils, son épouse, quand bien même nous aurions été Navarre lui-même, peut-être n'en saurions-nous pas davantage, en tous les cas pas assez. Même un livre entier ne suffirait sans doute pas à exposer chaque linéament, hésitation, abattement, frustration, les entêtements bizarres d'une seule journée d'Henri Navarre ; non que le fond soit occulté ou trop complexe, ou enveloppé de mystère, mais je ne sais quoi se glisse partout dans l'homme comme le sable dans nos draps. Un commandant en chef est un mélange d'honneur mal placé, de petits chagrins, de grandes fiertés, comme nous tous au fond, mais tout cela fichu dans un uniforme, et repétri, dissimulé, foutu de valeurs surannées dont on a du mal à savoir aujourd'hui ce qu'elles pouvaient être. En 1953, on sort tout juste de l'ancien régime. Oui. Aux armées, on en est encore aux éperons de cavalerie. Je donne un exemple. En 44, Navarre fit la course. Les blindés du capitaine de Castries, sous ses ordres, enlèvent Karlsruhe avec vingt-quatre heures d'avance sur de Lattre, qui ne le lui pardonnera jamais. Pauvre chou.

## UNE VISITE À MATIGNON

On voitura donc le général jusqu'au palais du président du Conseil. Le tonnerre ronchonnait dans le lointain. La place de la Concorde lui parut toute petite. L'Obélisque était laid. En traversant la Seine, entre deux rideaux de pluie, il passa et repassa dans son cœur tout un tas de choses qu'il aurait pu dire. Navarre sentait ses petits pieds qui lui faisaient mal dans les nouvelles chaussures qu'il avait enfilées ce matin ; il le regretta. Il posa sa main soignée sur l'accoudoir de cuir. Un feu rouge arrêta la voiture juste devant l'Assemblée, les gouttes de pluie sur la vitre lui masquaient le fronton, il eut un geste bête pour les essuyer.

Passé le porche monumental de l'hôtel Matignon, on se gara dans la cour. Le général Navarre descendit astucieusement de la voiture, en précipitant d'un seul élan ses deux jambes hors du cockpit, puis en balançant son petit corps à l'extérieur.

Le président du Conseil, René Mayer, accueillit le général. C'était un homme large d'épaules, grand, affable, un homme d'affaires en politique. Navarre se vit d'abord gratifié de toute une symphonie de bonnes paroles, il les écouta gravement. On fit un petit tour du parc. Mayer entraîna le général vers l'allée de tilleuls. "La situation en Indochine est tout simplement désastreuse, admit-il. La guerre est pour ainsi dire perdue. Tout au plus peut-on espérer lui trouver *une sortie honorable*."

Une fois quittée l'allée de tilleuls, le président du Conseil releva la tête, et d'un ton brusque, mais chaleureux, déclara au général qu'*il pouvait absolument compter sur lui* ; puis modeste, comme s'il revenait respirer à la surface, avec l'air patelin qu'il adoptait souvent, il jeta un œil vers Navarre, tenant à la main sa pipe éteinte, dans une sorte d'arbitrage instinctif entre une touche de familiarité non dépourvue de charme et la dignité de sa fonction : "Bien que j'aie parfaitement conscience de la difficulté de la mission dont je vous charge, murmura-t-il, je dois toutefois vous mettre en garde contre toute demande intempestive de renforts." Il prononça ces derniers mots comme si cette mauvaise nouvelle ajoutait un élément insigne à la confiance qu'il lui témoignait.

Leurs pas foulaient l'immense pelouse. Le président du Conseil parla encore de "la tâche exigeante" qui attendait Navarre ; puis, se tournant lentement vers lui, il ajouta que sa grande expérience militaire leur était "indispensable." Navarre le crut. Il sentit un poids mort se dissiper en lui, et se vit grandi dans sa propre estime. Enfin, Mayer annonça clairement à Navarre sa nomination. Celui-ci émit quelques réserves : "Je ne connais pas le terrain, dit-il. – Justement, lui lança Mayer, vous y verrez plus clair."

## LE PLAN NAVARRE

QUELQUES heures plus tard, à l'arrière de la voiture qui le menait à l'aéroport, Navarre s'étonnait presque que la Providence ait attendu si longtemps pour lui offrir ce poste. Dès son arrivée en Indochine, il apprit qu'à la suite de Salan un départ général se préparait. Les membres de l'équipe amenée par de Lattre étaient tous sur le point de rentrer en France ; c'était le sauve-qui-peut. On lui fit bien sentir que son commandement ne suscitait pas beaucoup d'enthousiasme, que seul de Lattre aurait pu réussir la mission périlleuse qui venait de lui être confiée. Il eut un frémissement de jalousie. Il n'en fit rien voir. Mais adopta un ton plus ferme.

Persécuté par le courant d'air du climatiseur, Navarre passe et repasse la main sur ses cheveux gris et plats. Son visage est transparent et mou. Il a trop chaud, mais la climatisation lui irrite la gorge, ses petits yeux noisette se posent sur tout le monde sans tenir le regard. Parmi les officiers supérieurs, le général Cogny, commandant la zone nord du delta, lui a été chaudement recommandé par des membres du gouvernement. Ne sachant trop quoi faire, Navarre décide de s'appuyer sur le seul haut gradé à ne pas partir. Lorsqu'il annonce au général Cogny sa promotion au grade de divisionnaire, le colosse en bermuda lui lance dans un accès d'émotion : "Vous ne le regretterez pas !" Mais Navarre est peu sensible à la gratitude des subordonnés.

Après quelques semaines passées à inspecter les unités et observer les cartes, le général en chef a soudain l'impression de connaître suffisamment le terrain. L'Indochine est à présent un simple fond de carte, il en a repéré et localisé les fleuves, les montagnes, les immenses forêts. L'Indochine se tient là, toute seule devant lui, au carreau. Il la regarde ; les conventions graphiques lui semblent lentement des réalités, et il glisse sans doute d'un monde d'étude à son fantasme. À présent, l'Indochine est l'épicentre de quelque chose, une angoisse, un désir aphasique, silencieux, avare.

Le premier acte de son plan se déroulerait pendant la campagne 1953-54 qui commençait à peine : il s'agissait d'éviter l'épreuve de force, de développer une armée locale pour appuyer nos troupes et de reconstituer un large corps de bataille mobile. Le deuxième acte aurait lieu l'année d'après : en utilisant ce corps de bataille, qu'on aurait eu le temps de former, il faudrait infliger à l'ennemi un revers tel que la position de la France serait avantageuse pour une négociation – la fameuse *sortie honorable*. Concernant la stratégie à venir du Viêt-minh, le général émettait en marge de son plan trois hypothèses : soit un déferlement sur le delta du fleuve Rouge, soit une progression vers le sud, soit une poussée vers le Haut-Laos. Cette dernière hypothèse était la plus pénible. C'est à son sujet que fut évoqué pour la première fois le nom de Diên Biên Phu.

En juillet, à son retour en France, le général Navarre exposa son plan au comité des Chefs d'état-major, puis devant le comité de Défense nationale. On fuma quelques bons cigares, et un peu de fine réchauffa les cœurs. Plusieurs crânes chauves firent couronne autour d'une petite carte. Navarre résuma. Il dit quelques mots en souvenir de son père, le vieux professeur de grec, parla, souriant, un peu du Péloponnèse ; enfin, du sanglier de Calydon, il glissa insensiblement au Viêt-minh. Les soies de l'animal, aussi raides que des javelines, devinrent au fil des phrases une menace concrète, ses rauques grognements, décrits par Ovide, au fur et à mesure que Navarre exposait son plan, évoquaient les attaques de plus en plus nombreuses dans le delta, son souffle embrasant le feuillage incarnait les armes nouvelles que le Viêt-minh pourrait avoir. Chacun se recroquevilla en lui-même. On toussota. La démonstration était élégante.

Après des discussions longues et confuses sur les questions soulevées par l'exposition détaillée de ses projets, les membres du comité convinrent ensemble que si le plan semblait vraiment un petit bijou, un chef-d'œuvre de prudence et de stratégie militaire, il était toutefois “trop cher”. Eh oui, il faut bien compter un peu ses sous, on ne peut pas jeter des bombes sur tout ce qui passe sans devoir un jour ou l'autre les payer, envoyer un petit chèque au fabricant d'armes. On le complimenta, cependant qu'il lui fut demandé de revoir son plan *à la baisse*. On évoqua l'aide américaine, déjà très élevée, encore plus généreuse depuis la tournée du général de Lattre, puisque l'Amérique finançait désormais quarante pour cent du coût de la guerre ; on allait, bien sûr, de nouveau la solliciter. Mais, en attendant, il fallait un plan plus économique, un plan au rabais.

Ne pourrait-il pas, en faisant quelques efforts, certes pénibles – mais il faut bien se plier aux contraintes budgétaires –, ne pourrait-il pas envisager un plan plus modeste, bon marché. On demanda au général Navarre d'y réfléchir. Mortifié, il regagna Saigon début août, afin de formuler de nouvelles propositions. Cela lui répugnait, avoir à raboter les ailes de sa grande chimère. Il voulut donc penser à autre chose, se divertir ; et les cérémonies se succédèrent frénétiquement pendant la première partie de son règne. Le commandant en chef épingla d'abord des décorations sur tous les torses disponibles. Une palme de plus sur les croix de guerre de Cogny, de Gilles, de Ducournau et de Rabertin. Dieu ! qu'il aimait se hisser sur la pointe des pieds jusqu'à leurs puissantes poitrines !

Il avait un air de petit garçon, Navarre, il s'appliquait.

Fin octobre, Navarre reçoit d'étranges nouvelles. L'état-major viêt-minh semble avoir renoncé à l'attaque du delta et lancé la division 316 vers le Laos. Cette fois-ci, ça y est, le fantasme prend chair, les tables tournent, les hautes herbes lui poussent entre les jambes ! Il n'y peut rien Navarre, c'est le réel qui l'entraîne, tout semble aller du côté de ses mauvais penchants. La France vient de s'engager à défendre le Laos ; et Navarre imagine que le silence gouvernemental doit être déchiffré. Il crut alors entendre une voix, un petit filet d'or d'où ruisselaient des mots étranges. Et que disait-elle cette voix ? Elle murmurait : "Va au cœur de la grande forêt. Empêche le Viêt-minh d'occuper les rizières de Diên Biên Phu. N'oublie pas que c'est la seule vallée dans toute cette jungle, que c'est le carrefour du Nord-Ouest !" Il n'en croit pas son cerveau reptilien, Navarre, il est pris de vertige. Oui, c'est une révélation : il faut couvrir le Nord-Laos. Craignant encore une attaque dans le delta, le général Cogny ne veut pas qu'on lui prenne toutes ses troupes, et plaide tout d'abord pour une petite opération, un Diên Biên Phu miniature. Mais déjà Navarre a vu je ne sais quel immense animal carnassier, il a vu les races éteintes, les fleurs moissonnées au printemps, l'été sévère, l'automne triste. Il veut connaître une infinité de peines et de gloires. Et soudain, tout s'emballe, Navarre passe très vite d'un Diên Biên Phu première version, censé barrer au Viêt-minh la route du Laos, à quelque chose de plus musclé. C'est un camp retranché qu'il lui faut. Pas un tout petit machin où l'on s'emmerde, non, une ville de toile et de barbelés. Cogny se défend, parle d'un gouffre à bataillons ; mais Navarre s'en fiche bien à présent de Cogny, on dirait même que sa résistance renforce son désir. Il craint de rater une victoire. Ainsi dérivent les hommes vers de gigantesques désastres.

## L'INSTALLATION

La vallée de Diên Biên Phu avait sans doute déjà vu passer bien des hommes : troupes françaises, japonaises peut-être, chinoises sûrement, les cornacs du Siam, la caravane de Marco Polo. Mais à présent, depuis longtemps, la vallée était paisible, on y cultivait le riz, les épinards, la papaye. Les bœufs paissaient autour de la rivière, compagnons fidèles et bonasses. Et voici que brusquement, parce qu'un général français né dans le Rouergue avait décidé de donner rendez-vous ici au fantôme des batailles, on allait ratisser toute cette vallée, la truffer de bunkers, y détruire des dizaines de villages, chasser un millier d'habitants vers les collines, couper les arbres et brûler les cultures. On allait anéantir bien des souvenirs, des habitudes, des sentiers où les amoureux se retrouvaient, de fragiles murets où les enfants cachaient de minuscules trésors.

Le vendredi 20 novembre 1953, on vit tomber du ciel des poignées de corolles, petits cercles de toile bleue, méduses légères, voletant au-dessus de la luxuriante vallée. Les paysans regardèrent tomber les pétales d'œillets, quelque mille huit cents pétales, avec deux batteries d'artillerie aéroportées et deux compagnies de mortier lourd. Le lendemain, un bulldozer tomba du ciel… Aussitôt, on se mit au travail. Il s'agissait d'aplanir l'ancien terrain d'aviation que le Viêt-minh avait démoli. Sur un film militaire, on peut voir les soldats torse nu conduire à travers champs une petite pelle à chenilles en s'amusant. La bataille venait pourtant de commencer le jour précédent : onze morts pour les Français, cent du côté viêt-minh.

Fin janvier, tout est prêt. Le PC est enterré. On a creusé des abris, tracé des tranchées, et déroulé tout autour d'immenses rubans de barbelés. Dix mille hommes vivent déjà ici. Et, chaque jour, on livre des tanks, des jeeps, des camions, des antennes chirurgicales, des exemplaires de *Playboy* et des tombereaux de conserves.

## CHRISTIAN MARIE FERDINAND DE LA CROIX DE CASTRIES

On parle d'un séducteur de garden-party, d'un casier bourré de mouchoirs froissés et de dettes de jeu. Oui, on raconte qu'il baisait Marie Ferdinand de La Croix de Castries, que son petit corps maigre se tortillait dans des positions effroyables, mais toujours les mêmes, sur la pointe des pieds. Bien sûr, il n'avait pas besoin de la courte échelle, Marie Ferdinand de La Croix de Castries, il se débrouillait seul pour monter ses Américaines. Il portait autour du cou un foulard écarlate, et, tandis qu'elles gueulaient leurs mots d'amour, il tenait à la main une canne de turfiste. Mais une fois qu'il avait lâché son petit sac de sperme, Marie Ferdinand de La Croix de Castries, eh bien, il déposait doucement sa canne à côté de son sabre malais ; ça en foutait plein la vue. Ah ! c'était un drôle de zigue, Marie Ferdinand de La Croix de Castries. On raconte qu'il écoutait d'un air léger les conversations les plus dramatiques et qu'il prenait un air grave pour les questions secondaires. On raconte aussi qu'il traînait le soir, chantait mal, dansait mal, et qu'il jouait au poulbot, attablé avec des durs à cuire. Combien de fois il a cassé avec les dents une chope de bière ? Combien de fois il a entendu craquer sous ses mâchoires – issues de huit lieutenants généraux – des débris de verre ? Et combien de fois il a avalé cette soupe horrible pour le plaisir d'exciter un groupe de filles ou de clouer le bec à deux cons ?

La famille de La Croix de Castries avait eu un ou deux archevêques, un maréchal, une alliance avec les Mortemart, un chevalier de l'ordre de Malte et même l'épouse d'un président de la République. Qui dit mieux ? Toutefois, grimacerait un autre Saint-Simon plus snob et plus méchant encore que le vieux sagouin, elle ne remonte guère au-delà de 1469, à Guilhem Lacroix, usurier anobli. Si on descend encore quelques marches, c'est grâce à l'insatiable curiosité de Pierre Burlats-Brun, qui dans *Héraldique & généalogie* fait tomber de Guilhem Lacroix à Jean Lacroux, qui déjà dissone, puis de Jean à Raymond et de Raymond à Johan Le Cros, *peysonnier*, ce qui lorsqu'on connaît l'orgueil des Castries est drôle et lorsqu'on y entend l'humilité éternelle est émouvant.

Les Castries ont donc eu un ministre de la Marine, des pelletées de ducs et de marquis, et ils furent, jusqu'il y a peu, assis, dans la personne d'Henri de Castries, sur le confortable maroquin du PDG d'Axa, qui est comme un nouvel archevêché ou un autre office des finances. Henri de Castries est énarque, catholique, mécène des Scouts de France, et ce n'est pas un idéologue, Henri de Castries, oh non, il est de droite, mais considère ses anciens camarades de promotion socialistes comme fréquentables. Il est l'époux d'Anne Millin de Grandmaison, sa cousine, le monde est si petit. Septième dans la hiérarchie angélique des patrons les mieux payés, entre Pinault et Mestrallet, il touchait, à la tête du fameux groupe, 950 000 euros de part fixe, au nom du Père innommable, 2 034 171 euros de part variable au nom du Fils sacrifié, et le reste, jetons de présence, menues monnaies, au nom de l'Esprit saint, la plus petite figure de la Trinité : 86 000 euros et des poussières, bref, presque un salaire de prof. Et pourtant ils sont comme nous tous au fond les Castries, ils ont surtout été marchands, poissonniers, et ils ont dans leur arbre généalogique invisible des centaines et des centaines de gueux de toutes sortes et des dizaines de milliers de chasseurs-cueilleurs. Mais, comme toujours, un bel héritage est pris pour un destin, et Marie Ferdinand de La Croix de Castries l'entendait naturellement ainsi. Fouette cocher ! C'est lui qui va commander la base de Diên Biên Phu, c'est à lui que Navarre confie le commandement du camp retranché. Oh ! ça ne l'amuse pas outre mesure, Marie Ferdinand de La Croix de Castries, il préfère les grands espaces, la guerre de mouvement, la cavalerie ; mais il finit par accepter. À présent, le voici dans son abri tapissé de nattes et de sacs de terre, devant son climatiseur, à froisser des papiers imbéciles, à mâchouiller des crayons. Il regarde le monde à travers une moustiquaire. Où donc est passée la petite Espagnole qu'il a croisée le mois dernier ? Et les Viets, que font-ils ? Il crache un bout de crayon dans le cendrier, puis décide d'aller faire un tour. Le soir, le colonel de Castries dîne avec quelques officiers. Puis il retourne au PC. La lune n'est pas encore levée. Il fait froid. Il passe la paume de sa main sur son crâne tondu. Ce soir-là, quelques traçantes pourpres lacèrent les collines ; on entend des rafales de mitrailleuses. Le colonel un peu éméché vide une deuxième bouteille. Au matin, le brouillard bouche la vallée. Dans sa casemate, le colonel s'ennuie.

## ENCERCLEMENT

LENTEMENT, le camp fut encerclé. On n'avait pour ainsi dire rien vu venir. Le 7 décembre, la piste Pavie est coupée. Il devient impossible de quitter le camp sans subir de lourdes pertes ; car tout autour, c'est la forêt, la jungle. Et ça, Navarre ne l'avait pas prévu. Depuis le QG de Hanoi, on ne se rend pas compte ! Quant à Marie Ferdinand de La Croix de Castries, lui qui connaît l'affaire, il semble croire une victoire possible, il semble croire – suçotant sa badine ou sa règle graduée – qu'il va pouvoir sortir brusquement de ses deux mètres sous terre, et quoi ? Il ne sait pas bien, il hésite… fouetter les troupeaux de buffles sous le soleil, percer la peau grise des rizières, crever les voûtes de bambou ! Pourtant, les troupes envoyées en reconnaissance parviennent à peine à franchir les limites du camp. Tandis que sur les cartes d'état-major, les flèches vagabondent, sautent les rivières, franchissent les cols, ici, à Diên Biên Phu, on est cloué sur place. Une flèche peut aisément franchir une colline au vingt-cinq millième, traverser un vingt-cinq millième de ruisseau, gravir un vingt-cinq millième de montagne et la main peut alors planter dessus son petit drapeau de papier. Mais à Diên Biên Phu, les petits drapeaux restent dans leur carton, et les rivières ne font pas le vingt-cinq millième d'elles-mêmes, elles font leur véritable taille, et les collines sont couvertes d'aréquiers et de broussailles, et ce qui fait là-bas, sur la table de Navarre, mettons un centimètre, fait ici vingt-cinq mille fois plus ! Et vingt-cinq mille centimètres, eh bien, ça fait tout de même deux cent cinquante mètres, et deux cent cinquante mètres de jungle, deux cent cinquante mètres de pentes abruptes, deux cent cinquante mètres coupés de falaises, deux cent cinquante mètres de Viêt-minh, ça n'est pas du tout la même chose qu'un centimètre de papier. Au lieu de confectionner des cartes au vingt-cinq millième, l'état-major français devrait faire des cartes plus vastes que le vaste monde, où les rivières seraient plus infranchissables que les rivières et où les collines seraient plus accidentées que les collines. Car on aura beau avoir jeté cent vingt-sept tonnes de bombes sur *le point Mercure*, coordonnée censément névralgique pour le ravitaillement du Viêt-minh, les bicyclettes, poussées par d'anciens coolies, vêtus de mauvaise toile et chaussés de sandales, reprennent aussitôt la route, creusant tout un réseau de nouveaux sentiers, malgré leur chargement de sacs de riz et de mortiers.

Un peu inquiets, les derniers Parisiens rendent visite à Navarre, puis au camp retranché. On veut se faire une idée. Navarre les reçoit à Hanoi, dans un *battle-dress*, tenant à la main une petite baguette de roseau. Il aura droit à la visite de M. Jacquet, le secrétaire d'État chargé des Relations avec les États associés. Je ne sais pas à quoi il pense Jacquet tandis que Cogny dresse la liste des menaces qui s'accumulent sur le camp retranché, je ne sais pas si sa pipe fume les mêmes petits nuages blancs que Corot et que Daubigny, car il est maire de Barbizon, Jacquet, et sans doute préfère-t-il un restaurant médiocre à n'importe quel mess d'officiers, et sans doute ne se sent-il pas très à l'aise, entre cette grosse brute de Cogny et le petit Navarre, pincé, muet. Et puis il va à Diên Biên Phu, Jacquet, il pose des questions, il ne semble pas convaincu. Mais vers 16 heures, il faut repartir, le Viêt-minh peut attaquer. On aura passé deux heures et demie à Diên Biên Phu, et ce sera bien difficile de se faire une idée après une si courte visite. Alors, on envoie M. Pleven. Il a déjà été, grosso modo, neuf fois ministre et deux fois président du Conseil. Il en connaît un rayon. Le 7 février, M. de Chevigné, secrétaire d'État à la Guerre, le précède à Diên Biên Phu. Le 8 février, à l'escale de Nice, Pleven croise Jacquet qui rentre à Paris. Ils échangent leurs impressions autour d'un café et ce n'est pas brillant. Pendant ce temps-là, à Diên Biên Phu, que voit-il Chevigné ? Un pot de chambre. Oui. Il voit que la garnison occupe *stricto sensu* le fond d'un pot de chambre. Et il voit que le Viêt-minh occupe les bords du pot. Tout ça est embêtant. Pour une sorte de démonstration, afin d'amuser Chevigné, dont la fille a épousé un Castries, et dont la grand-mère fut le fameux modèle de la duchesse de Guermantes, le colonel a jeté deux bataillons à l'assaut des collines, soutenus par l'artillerie et l'aviation. Il s'agissait de détruire une pièce de soixante-quinze qui tire périodiquement sur le camp. Les deux bataillons de parachutistes devaient escalader la cote 781, avec l'appui des chars et de l'artillerie. Et que s'est-il passé ? Eh bien, ils sont à peine parvenus à grimper aux bords du pot sur quelques kilomètres et, après avoir essuyé des tirs sérieux, malgré le soutien de l'aviation, ils ont été forcés de faire demi-tour.

Le 19 février, c'est à Pleven, ministre de la Défense, de faire sa tournée d'inspection. Vers 11 heures du matin, il décolle de l'aérodrome de Hanoi à destination de Diên Biên Phu. Navarre n'est pas venu, il ne voudrait pas influencer son jugement, a-t-il dit. Castries l'accueille et lui décrit le dispositif militaire, les forces dont il dispose. Pleven, qui est depuis dix jours en Indochine, porte lui aussi un curieux *battle-dress*, aux jambes trop larges, avec des poches immenses, et dans lequel il flotte bizarrement. Il est coiffé d'un panama, et dans la jungle tonkinoise cela est d'un effet discutable. Soudain, se tournant vers le général Fay, chef d'état-major de l'armée de l'air, Pleven lui demande ce qu'il pense du camp retranché.

“Je conseille au général Navarre de sortir de Diên Biên Phu, sans quoi, il est perdu”, répond Fay, sans hésiter. Pendant quelques minutes, les membres de la petite délégation regardent obstinément leurs pieds et la visite se termine dans une ambiance pesante. Le soir, dans l’avion, Pleven semble inquiet, fume cigarette sur cigarette. Il quittera l’Indochine quelques jours plus tard, non sans avoir remis à Navarre la plaque de grand officier de la Légion d’honneur. On se demande encore pourquoi.

## BÉATRICE ! BÉATRICE !

IL paraît que Dante, malgré son profil de médaille et ses extraordinaires aventures dans les entrailles de nos malheurs, n'a jamais, mais alors jamais, jamais aperçu ni connu ni aimé aucune jeune fille du nom de Béatrice, et que cet amour dont il nous baratine à longueur de bouquins est un artifice littéraire. Et de plus mauvaises langues rajoutent encore qu'il rabotait entre deux portes ses domestiques et que la douce Béatrice n'aurait en fait été que sa servante et que le vieux hibou lui avait chanté, entre deux piles d'assiettes, sa vie nouvelle. Ainsi, par une de ces larmoyantes ferveurs qu'entretiennent les militaires, et qu'ils ont en commun avec les poètes, on avait baptisé l'un des points d'appui : Béatrice. Et un point d'appui, ça sert à protéger le cœur, à protéger contre le feu ennemi le cœur d'un dispositif militaire, un PC ou un aéroport. Et, de point d'appui en point d'appui, une place forte assure ses positions. Ainsi, les points d'appui se protègent les uns les autres, comme une heureuse bande de copains. Pour ce faire, afin que le camp retranché soit sur un terrain dégagé où l'on puisse manœuvrer librement, on avait expulsé les habitants des villages, brûlé les maisons, incendié les taillis et les pamplemoussiers. Ça avait été un sacré travail. C'étaient des prisonniers qui s'y étaient collés, ou des Arabes. Un millier de paysans avaient été déplacés depuis l'arrivée du corps expéditionnaire. Mais à présent, Béatrice se tenait fièrement au milieu de son bouquet de pitons pelés. Le soir, c'est un anneau de lumière entouré de barbelés, des tunnels de terre sous des rondins de bois. Une jeep au pare-brise couché sur le capot navigue jusqu'au PC, puis revient. Les journées passent. On attend. Ça fait des semaines, des mois qu'on attend. Il paraît que le Viêt-minh va attaquer. On le craint, on le désire. Par moments, on l'oublie.

13 mars. Temps maussade. Au petit matin, un Dakota est cloué au sol, en flammes. Un autre saute près d'Isabelle. Et à partir de là,

tout se dégrade. Un nouvel avion prend feu. Deux reporters, en train de filmer, reçoivent une décharge de mortier. L'un meurt, l'autre perd sa guibolle. Un peu plus tard, un quatrième avion crame à son tour. Puis, un autre est descendu en vol. On l'avait attendu l'affrontement, on l'avait crânement appelé, eh bien le voici ! Et comme d'habitude, c'est beaucoup moins drôle que dans les livres, beaucoup moins beau que sur les peintures, plus triste encore que dans les souvenirs. Ça sent l'essence, la poussière. L'air est plein de fumée, on ne respire plus on tousse, on ne parle plus on hurle, on ne chante plus on crache. Les paysans des villages thaïs qui se trouvaient entre le corps expéditionnaire et le Viêt-minh plient bagage. C'est le signe que l'attaque est imminente et que le Viêt-minh leur a conseillé de partir. Ça fait un drôle d'effet de voir ces files d'hommes, de femmes, d'enfants et de vieillards, emportant tout ce qu'ils peuvent, lentement, inexorablement, laissant derrière eux leurs maisons vides, comme si la vie réelle ordinaire devenait un décor.

Alors, Christian Marie Ferdinand de La Croix de Castries crut soudain apercevoir quelque chose parmi toute cette fumée de fioul qui brûle, entre ces premières ruines. Oui, il la voit ! Elle est là, et il ne sait pas si c'est la victoire ou la mort, c'est pareil à ce qu'on raconte. Il y eut alors un grand "Oh !" dans le camp retranché. Tout le monde recula. Le colonel se tient seul, juste devant la chose. Il s'arrête et regarde. Mais qu'est-ce que c'est bon Dieu ! Ça n'est pas une tribu de nègres, ça n'est pas un groupe de coolies attachés avec du fil de fer, ce ne sont pas les pauvres saboteurs de voies ferrées dont on lui a parlé, ce n'est pas un simple jeune homme tenant un browning, non, c'est un immense fantôme qui se rue sur eux. C'est l'armée nationale populaire.

Le camp retranché retient son souffle. Grâce aux photographies aériennes et aux informateurs, on a prévu que l'attaque aurait lieu à 17 heures. L'heure arrive sous le grand ciel livide. Rien ne se passe. Dix-sept heures une, deux, cinq, dix. Rien. Toujours rien. Les légionnaires sont silencieux, chacun est enfoui dans sa propre angoisse, les yeux grands ouverts, respirant, grattant le sol avec sa savate. Dix minutes ! c'est sacrément long, ça dure une éternité, toute l'histoire du monde tient en dix minutes ! L'amiral Charner remonte le Mékong avec une flotte de quelques canonnières, en une minute. L'empereur du Viêtnam demande la paix en deux secondes, et une minute plus tard les Français occupent l'Indochine. Mais ils ne l'occupent que pour une minute, car une minute plus tard, Hô Chí Minh arrive et proclame l'indépendance. Alors, c'est la guerre, pendant une minute, et nous voici à présent aux toutes dernières secondes de ce grand segment de vie, au samedi soir de la création, un instant avant le coucher du soleil. Soudain, à 17 h 30, un énorme fracas pulvérise le silence. Ce ne sont plus seulement quelques tirs de harcèlement, c'est un coup de marteau qui fend le crâne. Des files d'hommes trottent le nez vers la terre, quel réveil ! On se faufile très vite dans les gouttières, on court dans la poussière, et de partout ça cogne, ça crève, les câbles sont arrachés, les plafonds pissent la terre, les abris s'effondrent. En quelques instants, tout le dispositif du camp retranché se convulse. Il n'a plus son air de géant correct, posé au milieu de la jungle, terminé ! De toutes parts, on nage dans les décombres, le camp est horriblement pilonné. Toutes les trois secondes, le sol tremble, la terre pleut. Béatrice n'existe plus.

On raconte qu'alors Marie Ferdinand de La Croix de Castries montra les premiers signes d'abattement et de fatigue. Les bombes du Viêt-minh avaient ouvert en lui un abîme de perplexité. Pendant les deux mois qui vont suivre, Castries ne sortira plus une seule fois de son abri. Il portera son heaume nuit et jour, et fera scrupuleusement ses besoins dans le casque de son enseigne.

## NAVARRE DANS LE DÉTAIL

PENDANT que la bataille tourne au désastre, Mme Navarre, à Paris, sautille de salon en salon, s'égosille. Elle ne sable pas ses rangers mais le Chambertin, elle se brûle le palais avec des liqueurs, elle crible de petits trous les ailes des perdreaux et frissonne aux craquements de la meringue. Tout le monde veut la recevoir ; ses seuls ennemis sont les citrons qui se cachent dans les bouquets d'écrevisses. Depuis Saigon, le général Navarre prépare son opération Atlante, il s'agit de progresser, par un effet de piston, du sud vers le nord, afin de maîtriser une large portion du territoire. Mais elle patine l'opération Atlante et, à force de rêver à son grand mouvement stratégique vers les hauts plateaux montagnards, Navarre est de plus en plus éloigné de Diên Biên Phu, très loin de la plaine d'argile grise.

Le soir, après une séance de cinéma à l'Éden, Navarre revient, monte l'escalier, enfile sa chemise de nuit, ses mules, et retourne à sa table de travail ; et, là, il rêve. Il rêve un moment de rédiger cette petite note à laquelle il pense en secret depuis très longtemps, une petite note érudite sur l'enfance d'Antoine Henri de Jomini, le prodige, le plus grand penseur militaire du XIXe siècle, le devin de Napoléon, comme on l'appelait à l'école de guerre. Et, puisque les nuits sont longues, il relit un bout du livre de Courville, arrière-petit-fils du grand homme, qui sent le panégyrique à plein nez ; il adore ça. Alors, il imagine le profil de sa petite étude à lui, une notule sur l'enfance de Jomini dans les ruelles de Payerne, une sorte de *Guerre des boutons* en plus savant, truffée de références aux maximes du maître, illustrée par la position stratégique d'un coin de rue, planqué derrière quelques culs de poubelles. Mais une sourde angoisse lui vient : a-t-il bien suivi, à Diên Biên Phu, les préceptes de Jomini ? A-t-il bien appris ses leçons à l'école de guerre ? Ne s'est-il pas laissé entraîner par d'autres sur un terrain glissant ? Saisi d'un doute, il reprend le célèbre *Précis de l'art de la guerre*, et il se replonge dans cette lecture fastidieuse, à peine dérangé par le bruit du climatiseur. Le temps passe, une heure, deux heures du matin, et quelle n'est pas sa surprise de découvrir, à mesure qu'il lit et relit la partition célèbre, qu'il a interprété une tout autre musique. Il est soudain troublé, fébrile, il parcourt le livre de plus en plus vite, et il ne peut que constater combien son camp retranché, sa création bizarre, ne contrevient pas seulement à une ou deux des conditions énumérées par Jomini, mais à toutes !

"Selon moi – écrit Jomini –, la véritable et principale destination des camps retranchés sera toujours d'offrir au besoin un refuge passager pour l'armée, ou un moyen offensif... Enterrer son armée sous une place, l'exposer à être débordée et coupée... me paraîtrait un acte de folie." Bon Dieu de merde ! se dit-il, qu'est-ce que j'ai foutu ! En effet, Diên Biên Phu n'est ni un refuge passager, ni un moyen offensif, c'est bel et bien d'enterrer son armée sur place qu'il s'agit. Il feuillette nerveusement les pages du livre : "il faut avouer que les camps retranchés – ajoute Jomini, enfonçant le clou –, n'étant guère destinés qu'à procurer un point d'appui..." Merde de merde ! Qu'est-ce qu'il raconte Jomini, il se fout de ma gueule, il délire ! Et un peu plus loin : "mais cela ne sera jamais qu'un refuge passager..." Nom de Dieu, comment ne l'avait-il pas vu ? Et le général Ély, et le bon vieux maréchal Juin, pourquoi ne lui avaient-ils pas crié : "Halte-là, relisez Jomini !"

Il se sert un verre de scotch. Quelle tuile que dans toute l'armée française, personne n'ait relu Jomini l'année dernière ! Il repensa au général Fay, chef d'état-major des forces aériennes, ne lui avait-il pas dit clairement son désaccord ? Navarre balaie ce souvenir d'un revers de main. Plus personne ne lit Jomini, songe-t-il... sauf, peut-être... et c'est alors qu'il aperçoit au loin, sous une hampe de latanier, derrière un entrelacs de broussailles évoquant un terrible nœud, comme une énigme : deux yeux. Puis sa vision se précisant soudain : le visage du général viêt-minh, Vo Nguyên Giáp. Ah ! oui, celui-là a sans doute lu Jomini, et Vauban aussi et toutes ses théories sur les sièges ; ah, on a peut-être mal fait de leur apprendre à lire à ces Vietnamiens, et dans notre langue !

Navarre essaie alors de reprendre ses esprits ; il fait défiler devant lui toutes les grandes batailles de l'Histoire, tous les camps retranchés : Buntzelwitz ne sauva-t-il pas Frédéric II, mais si ! c'est certain, le grand Frédéric, le coup de varlope de Frédéric ! N'avait-il pas retranché plusieurs mamelons derrière des monceaux d'abattis, des trous de loup, des trappes, des palissades, des fougasses ? Et celui de Mayence, n'aurait-il pas empêché le siège de la ville, si l'armée française avait eu les moyens de l'entreprendre ? Et le fameux camp de Wurmser, ne prolongea-t-il pas de deux mois la résistance de Mantoue ?

Mais à Buntzelwitz – songe Navarre, dans un dernier accès de pessimisme –, est-ce que Frédéric ne bénéficia pas de l'irrésolution de ses adversaires ? Et à Mayence, il fallut bien abandonner le camp ! Et à Mantoue, à la fin, est-ce que l'armée autrichienne n'a pas entièrement péri ?

## LES DIPLOMATES

Le 21 avril 1954, tandis que le corps expéditionnaire français est à l'agonie, le secrétaire d'État américain, John Foster Dulles, fit une visite éclair en France. Dulles et Bidault se retrouvèrent, quelques jours plus tard, au Quai d'Orsay, pour une petite réception. Les voici assis côte à côte sur un canapé, devant une table laquée, posant pour *Paris Match*. Leurs mains miment une conversation sérieuse, Dulles semble dire à Bidault "Vous seriez au moins d'accord avec la version modeste de mon argumentaire" et Bidault, moue interloquée, mais conciliante, regarde en direction de la fenêtre. L'ambiance est détendue, les hommes se connaissent et semblent s'apprécier.

On ignore si Bidault lui parla de Bergson, que Dulles admirait et dont il avait, jeune homme, suivi les cours lors d'une année qu'il dilapida à Paris ; mais ce fut, et de cela nous sommes certains, à l'occasion d'une ellipse régulière, qu'ils effectuaient pour la seconde fois en compagnie de deux ou trois secrétaires du Quai, que s'écartant soudain, formant un coude étrange, imprévu, Dulles, au plus incurvé de l'hyperbole, avec l'air le plus tortueux dont il était capable, se tourna brusquement vers Bidault :

"Et si je vous en donnais deux ?, lui lança-t-il.

— Deux quoi ?", répondit le ministre français, interloqué, incapable de faire le lien entre la conversation diplomatique, somme toute assez classique qu'il menait à propos de Diên Biên Phu, et cette question à la tournure tout à fait saugrenue.

"Deux bombes atomiques...", précisa le secrétaire d'État américain.

Quelques instants plus tard, Maurice Schumann voit entrer Bidault blafard dans son bureau. Il est un peu surpris, Bidault est d'habitude très à cheval sur l'étiquette, et en tant que ministre, il a toujours exigé un strict respect des convenances. Mais ce jour-là, Bidault ouvre la porte sans frapper, traverse la pièce, trébuchant sur le tapis, et s'asseyant sur une simple chaise face à son secrétaire d'État, l'air accablé, bredouille : “Savez-vous ce que Dulles m'a dit ?” Schumann le regarde, désorienté : “Il m'a proposé deux bombes atomiques pour sauver Diên Biên Phu.”

John Foster Dulles avait passé un an à Paris dans sa folle jeunesse. Il avait fréquenté la société de la Belle Époque. Mais les Marie Brizard ne lui étaient pas tellement montées à la tête. Et durant cet idyllique séjour parisien, ni les promenades au Luxembourg ni la terrasse du Select ne suffirent à lui faire oublier ses promesses de carrière. Car Dulles n'est pas seulement un jeune et folâtre étudiant, une vague silhouette du Quartier latin, c'est une institution *les Dulles*. Il est le frère du directeur de la CIA, mais aussi le petit-fils et le neveu du 32e et du 42e secrétaire d'État des États-Unis. Ils ont même laissé *leur* nom à l'un des aéroports de la capitale : Washington-Dulles, où ils se trouvent associés au génie fondateur de l'Amérique.

C'est donc une véritable institution qui se penche vers Georges Bidault le 24 avril 1954 ; à côté, Bidault, lui, n'est qu'une toute petite PME ; son père était agent d'assurances à Moulins, et il n'a autour de lui pour le protéger qu'une forêt de petits propriétaires ruraux catholiques et bornés. Mais Dulles, lui, est une véritable multinationale. Et parmi les débris de passé qu'il nous reste, à travers plusieurs kilomètres de flashs d'actualités et de liasses de papier journal, on aperçoit de nombreux cadavres dans son sillage.

Avec son frère, ils viennent de commanditer, l'an dernier, la chute du Premier ministre iranien, Mossadegh, qui avait eu la mauvaise idée de nationaliser le pétrole. L'Anglo-Persian Oil Company s'était sentie flouée. Allen Dulles avait alors libéré un million de dollars pour renverser Mossadegh, ce qui eut pour conséquence d'empêcher pour longtemps toute réforme démocratique en Iran. Et il faut avoir lu l'ordre de mission de la CIA, son laconisme extraordinaire, pour saisir à quel type d'opération l'on a affaire : *Cible – Le Premier ministre Mossadegh et son gouvernement. Objectifs – Par des méthodes légales, ou quasi légales, parvenir à sa chute et à son remplacement par un gouvernement pro-occidental sous l'autorité du chah.* Mais au moment où il parle à Bidault, John Foster Dulles est déjà en responsabilité d'une tout autre opération, la chute de Jacobo Árbenz Guzmán, président du Guatemala, qui envisageait alors une réforme agraire visant à distribuer quatre-vingt-dix mille hectares de terre aux paysans les plus pauvres de son pays. Cela mettait en péril les intérêts d'une multinationale américaine, la United Fruit Company. Celle-ci refusait d'être dédommagée sur la base des trois dollars l'acre qu'elle avait pourtant elle-même déclarée au fisc, sous-évaluant ses terres afin de payer moins d'impôts. La United Fruit, victime de sa propre fraude, avait fait appel aux frères Dulles qui possédaient le plus important cabinet d'avocats de Wall Street. Les Dulles, qui étaient par ailleurs de solides actionnaires de la compagnie, organisèrent un coup d'État sur mesure qui livra le pays à une junte militaire. Le Guatemala plongea dans une longue période de violences ; il y eut des centaines de milliers de morts.

On les retrouvera, sept ans plus tard, à la croisée de nos malheurs, le 17 janvier 1961, à Élisabethville, au Katanga, tant ce mélange de bonhomie et de scélératesse qui les caractérisait n'épargna nul continent. Ce jour-là, à 16 h 50, le DC-4 d'Air Congo immatriculé 00-CBI en provenance de Moanda, se pose sur la piste. Trois hommes, attachés à une corde, sont poussés sans ménagement hors de l'appareil. Les trois prisonniers sont embarqués dans une jeep. Le sinistre cortège s'ébranle en direction de la demeure d'un colon belge. Parmi les trois prisonniers, Patrice Lumumba, le *premier* Premier ministre de la République du Congo, à peine indépendante. À 17 h 20, la jeep se gare. Lumumba et ses deux camarades sont violemment jetés à terre, traînés dans la maison, torturés. Trois heures plus tard, le convoi repart. Une longue demi-heure de route, on s'arrête à Mwadingusha. Le commissaire de police belge Frans Verscheure fait descendre les trois prisonniers de voiture. Et tandis qu'on le pousse vers le bord de la fosse où il va être exécuté, focalisons un instant notre attention sur Lumumba lui-même, et voyons, à travers cette antithèse, cette flamboyante contrepartie, *qui était* Dulles, *ce que ne voulait pas* Dulles, et nous devinerons le monde dont il rêvait et qu'il tentait d'atteindre par une forêt d'intrigues. Mais pour cela, il nous faut remonter le temps, et apercevoir un instant Patrice

Lumumba enfant, fils de cultivateur venu d'un petit village, son sourire doux, timide mais décidé, son visage sérieux, l'école protestante où il ânonne les rudiments du catéchisme, ses lectures fébriles d'autodidacte, ce destin d'ouvrier qu'il évite en se plongeant désespérément dans les livres. Puis revoyons-le plus tard, employé de bureau d'une société minière. Il devine soudain le rôle primordial des matières premières, et constate comment les cadres congolais sont écartés du pouvoir. Ces deux révélations ne le quitteront plus, et elles l'accompagnent encore, à 17 heures et des poussières, entre deux séances de torture.

Début juillet 1960, quinze jours à peine après l'indépendance du Congo, les Belges étaient intervenus militairement afin que le Katanga, et ses ressources minières, devienne le noyau d'un nouveau Congo, sans Lumumba. On complote afin de démettre le Premier ministre de ses fonctions. Le 18 août, le Conseil de sécurité nationale des États-Unis se dit préoccupé de la situation au Congo. C'est là qu'interviennent *les Dulles*. Lumumba constitue une menace sérieuse pour les intérêts américains ; le directeur de la CIA, Allen

Dulles, en conclut qu'il doit être chassé du pouvoir "par tous les moyens".

C'est pourquoi, il n'est pas excessif de se dire que le 17 janvier 1961, cinq mois plus tard, au moment où Lumumba est une dernière fois saisi par ses tortionnaires, quelque part dans la brousse, avant d'être brutalement abattu et que son corps ne disparaisse dans un bain d'acide, ils sont là, *les Dulles*, parmi les forces qui accompagnent, invisibles, spectrales, à ses derniers instants, le fils de cultivateur au sourire doux, au visage sérieux, au moment où il mesure sans doute vraiment, dans un mélange de tristesse et de dégoût qui dut être terrorisant, combien il avait eu raison de se plonger désespérément dans les livres, et de lutter, déterminé, victorieux en un sens, et pourtant défait, assassiné, et combien leur violence et leur détermination, à eux, étaient plus grandes, combien il avait au fond sous-estimé la férocité qu'ils mettraient à conserver leur pouvoir ; et tandis que ces spectres l'accompagnaient, celui qui avait organisé la résistance victorieuse à l'envahisseur, chassé les Belges du Congo, vit que cela était quelque chose certes, mais qu'en un certain sens, ce n'était encore rien, que les Belges n'étaient rien, que la vraie puissance – et il le savait depuis le début, depuis son travail comme employé de bureau pour une société minière du Sud-Kivu –, c'était l'Union minière du Haut-Katanga ; et si l'esprit humain a ses abîmes, où se réunissent les administrateurs de l'Union minière, si nul n'a jamais pénétré ses couches profondes, la croûte terrestre est aussi épaisse que nos crânes et aussi hermétique que le langage, on a creusé jusqu'à quatre kilomètres pour trouver de l'or, du cuivre, toutes sortes de métaux, et l'on tombe au fond des puits que l'on a creusés à la vitesse de seize mètres par seconde, avant d'arriver au front de taille, on y meurt, il y fait une chaleur effarante, des hommes parviennent à y pénétrer en secret, tâchant de gratter quelques pépites et de remonter avec leur petit magot, espérant vivre alors une vie meilleure, mais la police des mines veille, lorsqu'elle croit en repérer un, elle coupe l'aération dans le boyau suspect, elle l'asphyxie, et, de l'extérieur, les mines forment des villes gigantesques, un ramas de fer cerné de terrils, et dans cette région, le Katanga, où l'on a extrait de telles quantités de cobalt et de cuivre que cela représente sans doute une part non négligeable des métaux qui sont à présent en circulation sur la Terre, des enfants de dix ans travaillent, crevant dans des effondrements de tunnels, étouffés, noyés ; et c'est ainsi, encadré par les miliciens belges, que Lumumba, hébété, encore sous le choc des séances de torture, plongea si profondément en lui, dans les fissures de l'âme humaine, et, entre ses parois brûlantes, comme entre les parois d'une mine, il crut apercevoir un peuple minuscule, bactérien, un peuple aveugle et sourd, mais vorace, ces petites bêtes auraient quitté la surface de la terre à l'aube des temps, et seraient venues s'installer ici, au cœur des ténèbres, malheureusement pour elles, un prédateur les y avait suivies, un ver d'un demi-millimètre seulement, monstre miniature dont la bouche hideuse est une vulve cerclée de ventouses ; mais toute cette profondeur n'est rien, se dit-il, et même les forages les plus audacieux, à presque treize kilomètres de la surface, n'atteignent pas le manteau, ne sont rien, il faudrait aller bien en dessous de la croûte où gémissent les spéléologues, bien au-delà du manteau, jusqu'au noyau, masse de métal en fusion, terriblement dense, brassée par convection, si l'on voulait ne serait-ce qu'effleurer, non pas l'Enfer, qui est chose peu profonde, mais ce qui donne à la Terre son bouclier magnétique et permit, grâce à la boussole, d'entreprendre des voyages à travers les océans et de s'approprier la Terre ; mais si l'on veut vraiment connaître l'horreur, se dit Lumumba dans un sursaut, ce n'est pas là qu'il faut regarder, ce ne sont pas les gouffres, les créatures vivantes, les forages délirants, ce n'est pas non plus dans l'âme humaine, non, si l'on voulait vraiment être épouvanté, il faudrait pouvoir pénétrer en silence dans le bureau où causent Eisenhower et Dulles, il faudrait se dissimuler sous les tapis de Sullivan & Cromwell, afin d'entendre ce qu'on raconte en coulisses, afin de surprendre les dialogues décontractés des frères Dulles, afin de les entendre parler librement, sans pudeur, et c'est là, dans cet espace éthéré, thermostable, immunisé, hors du monde, réfractaire aux images, où il est interdit de prendre des notes, comme si tout, hormis le virement scrupuleux de leurs dividendes, devait s'effacer, échapper à l'Histoire, c'est là, entre les épais sandwichs à la mortadelle dont raffolait Foster, et le verre de Schweppes que dépose en souriant la secrétaire, entre un remerciement poli et un coup de fil rapide à un collaborateur, entre le classement mécanique d'un dossier et un échange franc, direct, sur les intérêts américains en Afrique, que fut médité ce dont le maccarthysme n'est au fond que la façade incorrecte, médiatique, que fut orchestré et sciemment mis en place le mécanisme de la guerre froide qui amena le monde au bord du Chaos. Et tandis que la colonne des condamnés débouche en haut du petit raidillon, les mercenaires encadrant le premier, ils descendirent vers la prairie lentement, un type lui posa alors la main sur l'épaule, et lui souffla à l'oreille : "N'aie pas peur, on ne sent rien..." , soudain, tout son être se figea, et tandis qu'il se mettait à crier, le premier prisonnier fut aussitôt bâillonné, on le ligota, on lui banda les yeux, on le poussa violemment contre un arbre, et le type répéta en ricanant, "N'aie pas peur, on ne sent rien..." ; il y eut une rafale, un milicien traversa lentement le pré, il se pencha sur le corps et fit un signe de tête, on nettoya la scène au tuyau d'arrosage, on tira le cadavre vers une sorte de trou, et cela se produisit de la même manière deux fois, deux fois la petite silhouette apparut en haut du raidillon, deux fois le condamné poussa un sanglot, et deux fois on traîna le cadavre à l'écart, mais la troisième fois, lorsqu'on ordonna à Patrice Lumumba d'avancer au milieu du champ, "Je vais voir la mort en face", se dit-il ; aussi, lorsque les bourreaux cherchèrent à lui bander les yeux, quelque chose en lui se raidit ; il refusa ; sa silhouette si légère, au petit matin, il semblait si jeune, les ébéniers, la lumière, et ce goût acide, entre les lèvres ! Sur une photographie célèbre, durant les pourparlers, cinq mois avant l'indépendance, Lumumba sourit, il a trente-cinq ans, il sera bientôt Premier ministre, seulement deux mois et vingt et un jours, son visage est détendu, mais dans son regard se mêle à sa jeunesse, à sa détermination et à sa douceur, une pointe de méfiance, une réserve, peut-être une pudeur ; et il y a entre son regard déterminé, sa peau noire, son insondable jeunesse et les circonstances sordides de sa mort, une connivence insensée. C'est comme si cette photographie avait été prise un instant avant sa mort, et qu'il nous jetait toute sa jeunesse au visage. On est soudain dans le pré, avec lui, entre l'arbre criblé de balles et les barbouzes, et le temps passé n'y fait rien, les ébéniers, l'odeur de la nuit n'y font rien, le petit raidillon n'y fait rien. Seul au milieu des soldats, Lumumba refuse énergiquement qu'on lui bande les yeux. Il exige de regarder la mort en face. Il y eut alors une violente bousculade. On se saisit de lui et on le ficela solidement. Il eut un sanglot d'angoisse. Il se débattit encore, et tandis qu'on le tenait fermement, qu'on essayait de l'attacher à l'arbre, il sentit un désir obscur. "La mort en face", se dit-il. Et il ferma les yeux.

# TÉLÉGRAMMES

Jusqu'au 21 avril, le général Navarre, quoique battant déjà la campagne, affichait encore la plus franche détermination. Il était fermement opposé, et il le répéta sans arrêt, à tout cessez-le-feu ! Et dans les dizaines de lettres ou de télégrammes qu'il échangea avec le haut commandement et les membres du gouvernement, il ne cessa de dire et de redire, sur un ton martial, quelle honte et quelle erreur serait un arrêt des combats. Cette attitude en imposait.

Soudain, quelques heures avant la visite de Dulles à Paris, le 21 avril, Navarre se réveille chiffonné. Les nouvelles du camp retranché sont décidément exécrables, la météo est mauvaise, son horoscope piteux. Qu'ai-je donc fait ? se demande-t-il, triste et découragé, après une mauvaise nuit. C'est alors qu'il écrivit au général Ély sa missive historique. Une petite semaine avant la chute de Diên Biên Phu, quelques jours à peine avant que la guerre ne soit définitivement perdue, entre deux crises d'angoisse, le général Navarre change brutalement de stratégie. Il n'y a que les cons qui ne changent pas d'avis, se dit-il. Assis à son bureau Mazarin, l'œil perdu dans la marqueterie, suçotant son buvard, il écrit : "Après mûre réflexion (oubliant d'évoquer ses angoisses matinales), j'en suis arrivé à la conclusion qu'un cessez-le-feu immédiat serait préférable."

Ce revirement soudain et sans équivoque, ce ton d'autorité pour soutenir un point de vue diamétralement contraire à celui qu'il avait opiniâtrement défendu durant des mois, ébranla profondément le chef d'état-major des forces armées. Que signifiait cette brusque volte-face ? Comment l'interpréter ? se demanda le général Ély. Cette question, comme bien d'autres, disparition des dinosaures, chaînon manquant et masque de fer, demeura sans réponse.

Les meilleurs feuilletons rebondissent à chaque épisode. Ainsi, début mai, nouveau télégramme. Navarre estime à présent que "*si* Diên Biên Phu tombait, un cessez-le-feu immédiat et sans négociation préalable serait impossible". Le général Ély est abasourdi. Navarre bat la breloque, il change d'opinion sans cesse. Le 5 mai, encore un télégramme. Cette fois-ci, un cessez-le-feu ne pourrait être conclu que *moyennant les plus solides garanties pour l'avenir*. Pourtant, dans le questionnaire établi par la délégation française à Genève, à la question "À qui profiterait le cessez-le-feu ?" Navarre répond sans hésiter : "Au Viêt-minh."

À la lecture de ces télégrammes, une impression pénible se dégage, on se trouve devant un mélange assez rare de sérieux et de confusion, le ton est glacé, hautain, mais le contenu débile, mal assuré, Navarre se noie. On imagine le pauvre général, perdu, au bout du monde, sa carrière s'achevant sur un échec cuisant, il le sait, et il trottine livide, hagard, dans les couloirs de la somptueuse résidence qu'il a cru devoir exiger, à l'époque de sa grandeur, il y a à peine quelques mois.

Seulement, voilà ! ses hantises, ses tourments intimes ne se contentent pas de pourrir l'ambiance à Hanoi ou à Saigon, ils colonisent rapidement tout le gouvernement français, et durant la première semaine de mai, ses doutes contaminent même les plus hauts gradés. Tout ce que la France comporte d'hommes *en responsabilité*, militaires, politiciens, experts en tout genre, se divise. D'un côté, les partisans d'un cessez-le-feu immédiat, de l'autre ceux d'un cessez-le-feu négocié. C'est l'affaire Dreyfus des nigauds, le Panama des crétins. À l'heure où la guerre est déjà perdue, on s'étripe de toutes parts, même le sacro-saint conseil de guerre se sépare violemment en deux camps. Le fameux télégramme de début mai enflamme les esprits les plus froids, les plus expérimentés ; on s'arrache le peu de cheveux que l'on a encore sur le crâne. Navarre est contagieux. Tout le monde devient dingue. On s'estourbit à l'état-major, on se pince en Conseil des ministres, on se griffe dans les alcôves. Il faut choisir son camp. On crie "cessez-le-feu immédiat" ou "cessez-le-feu négocié", et pas de quartier !

*

Une fois tombé le camp retranché, l'humiliation fut trop grande, insupportable.

Navarre eut de violents accès d'angoisse, il n'osait plus sortir. La condescendance discrète de ses pairs le blessait davantage que le mépris. Il avait honte. Redoutant la faiblesse qu'il éprouvait, et qui pourtant aurait pu le rendre plus accessible, plus humain, il professa une fermeté plus grande, et il devint encore plus sectaire, rétrograde. Il vécut dans un ressentiment affermi. Et il ne parvint sans doute plus jamais à y voir clair comme ce fut miraculeusement le cas pendant quelques instants, au prix d'un arrêt momentané de ses facultés, à l'occasion d'immenses souffrances, en mai, lorsque sa carrière fut brutalement détruite, lorsque sa vie entière perdit toute signification, qu'il fut, lui le chantre de la victoire, lui dont on prétendait que *la mécanique cérébrale était admirable de précision*, battu par ces hommes qu'il méprisait au fond, *des paysans annamites*.

Il eut un court éclair, un quart d'heure avant la chute. Dans son immense demeure, ce palais des gouverneurs d'Indochine qu'il avait, quelques mois auparavant, plein de soi, réquisitionné sans éprouver la moindre gêne, déambulant à la nuit tombée près de l'étang aux carpes, où l'on raconte, comme à

Versailles, que certaines étaient déjà de très vieilles dames lorsque le palais fut construit selon les exigences pharaoniques de Paul Doumer, errant parmi les treize hectares du parc, suivi discrètement par son ordonnance, se traînant vers une lumière qu'il ne voyait pourtant pas, peut-être que Navarre fut un instant enseigné par le vertige d'une telle défaite ; ayant fait les cent pas toute la journée, il avait arpenté sans relâche les cent mètres carrés de son fastueux bureau, devenu de plus en plus petit, étroit, à mesure qu'il le parcourait de long en large, que son angoisse y creusait d'invisibles chemins, les yeux inexorablement attirés par le paravent en laque offert par Bao Dai, ses taches sombres, ses ombres pâles, où, comme devant l'eau noire et épaisse d'un étang, il s'arrêta plusieurs fois, interdit, face à cette obscurité lourde où scintillent de minuscules feuilles d'or, puis plus fébrilement encore il avait sillonné les kilomètres de couloirs de la résidence, il avait pénétré, une à une, anxieux, les dizaines et dizaines de pièces d'apparat, à présent vides en fin de journée, cherchant parmi les mille trois cents mètres carrés du palais, quelqu'un, ou quelque chose ; il ne savait plus quoi.

Il avait ainsi marché, marché, dans une angoisse fébrile. Et il s'était senti tomber. À présent, parcourant l'allée de manguiers, aux feuillages épais, ombreux, déjà plongée dans l'obscurité à l'heure où le jour décline, il se disait sans doute que sa carrière était terminée, qu'elle allait finir sur une note affreuse, un désastre, un bain de sang. Il aperçut soudain, de loin, la façade néo-classique, son austérité pénible, et la sorte de supériorité qui émanait de l'édifice le blessa, comme un démenti de sa personne. J'aurais dû écouter mon père, se dit-il, être professeur. Mais le poncif ne lui fut d'aucun secours, au contraire même, il l'angoissa. Il se revit gamin, répétant ses leçons, son enfance défila devant lui ; elle lui sembla terne. Sa froide perspicacité ne lui était plus d'aucun secours. Et brusquement, il crut entendre un coup de canon. Il sursauta. La bataille est presque terminée se dit-il, comme s'il pouvait entendre Diên Biên Phu ici, depuis Hanoi, depuis le jardin paisible du palais dont il serait le dernier locataire.

Mais il n'entendait rien. Rien d'autre que les insectes se cogner au lampadaire, et cela lui déchirait les tympans comme le cri d'un sifflet à vapeur. Il se boucha les oreilles ; il était épuisé, et il avança d'un pas lent, si lent qu'on le devinait à peine dans le noir, et lorsqu'il atteignit enfin péniblement la tonnelle, il avait vieilli. Il s'assit machinalement sur une fragile chaise dorée, un domestique se tenait à l'écart. Son ordonnance feignit de continuer son chemin. Il se crut seul. La nuit tomba. Il ne bougeait pas. "Plus on approche du pouvoir, moins on se sent responsable", pensa-t-il. Il ne se souvenait plus où il avait entendu cette phrase, et elle se mit à bourdonner en lui, autour de ce petit lampadaire qu'on appelle la conscience. "Plus on approche du pouvoir, moins on se sent responsable." Son regard s'enfonçait dans la nuit, en direction du parc, en direction des arbres plus noirs que la nuit, plus épais. "On m'a parlé de vingt mille morts", pensa-t-il. Chaque mot semblait chercher quelque chose en lui-même. Vingt mille morts. Navarre essaie d'imaginer ce que cela peut représenter la vie de vingt mille hommes. Il n'en sait rien. "Et les Nord-Africains, les Annamites", pense-t-il, et cela le plonge soudain dans une sorte de perplexité, de désarroi, "des Nord-Africains... des Annamites...", sont-ils comptés parmi ces vingt mille morts depuis le début de la guerre ? "On m'a parlé de quinze mille Nord-Africains, oui, quinze mille, et de quarante-cinq mille Indochinois, c'est vrai..." Il essaie encore de compter, de recompter, mais les chiffres s'éparpillent. La nuit est tombée. Navarre est seul. Seul avec quatre-vingt mille cadavres.

Il ne reste que l'intérieur de Navarre, un vide. Mais le vide parle. Il parle des morts, tout seul, une tristesse inconnue lui vient. "Et le Viêt-minh ?" se dit-il soudain, sans qu'il sache précisément ce que cela veut dire, "et le Viêt-minh, combien de morts, combien ?" Alors, il se souvient d'une petite note qu'on lui a transmise à Paris, lors de sa prise de fonction, à la conférence d'état-major. Elle se trouvait dans un dossier où étaient évaluées les pertes, il croit se souvenir d'une colonne, son regard remonte lentement la ligne d'encre, et il voit : cinq cent mille soldats. Et dans une autre colonne : cent mille civils. "Six fois plus que nous", se dit-il. Ses mains se crispèrent sur les montants de rotins, ses ongles labourèrent la dorure. Il pensa mourir.

Oui, peut-être ce soir-là, face à l'obscure allée de manguiers plantée par Doumer, dans le silence entêtant de sa conscience,

Navarre eut l'idée de mourir. "Comment cela est possible ?" cria-t-il. Son cri ne perça pas la nuit. "Comment une armée moderne, peut-elle perdre face à des..." Le mot manquait. "Une armée de paysans !" maugréa-t-il. Mais il n'y croyait déjà plus. Le domestique avança vers lui, lui demandant ce qu'il voulait, et il comprit qu'il parlait seul. "Rien, merci, Minh, ne restez pas là, rentrez." Le boy s'éclipsa.

Il regarda le Vietnamien s'éloigner, petite tache brune sur la façade du palais. À présent, on distinguait à peine les arbres de la nuit. Navarre était dans le noir. Il restait là, muet, pétrifié. La guerre était perdue. Jusque-là, il avait eu de brillants états de services, il avait fait tout ce que ses parents souhaitaient, il s'était montré obéissant, respectueux, bon élève. Et il avait voulu devenir militaire, soutenir l'honneur de son pays, de son empire. Tout était foutu. D'un coup, à cause de cette maudite guerre, il allait porter sur lui la plus cuisante défaite ; n'était-il pas le tout premier à perdre contre des métèques, des jaunes ! "Qu'avons-nous fait ? se dit-il, Qu'ai-je fait ? Je n'en sais rien."

Or, justement, cette fois-ci, il savait. Cela dura une minute. Pendant une minute, il ne pensa plus comme un officier sorti de Saint-Cyr, il ne pensa plus comme un capitaine participant sans remords à la pacification du Maroc, non, pour un court instant, il vit que toute sa rhétorique habituelle, l'honneur, la patrie, était un leurre. “Je suis fou”, pensa-t-il. Quand soudain, à travers les lourdes branches des manguiers, il crut entendre un cri. Il se leva, et avança dans l'obscurité, les mains en avant, éperdu. Il appelait “Où êtes-vous ? Où êtes-vous ?” Son pied heurta la racine d'un arbre, il lui sembla qu'une épée lui transperçait la poitrine, il lâcha sa badine, fit quelques pas en titubant dans le noir. “J'ai tout perdu !”

Mais il n'avait rien perdu. C'étaient les centaines de milliers de coolies qui avaient travaillé dans les mines ou les plantations, ce n'était pas lui, c'était l'armée populaire du Viêtnam qui avait perdu cinq cent mille hommes, c'était le pays occupé qui avait été ravagé, meurtri. Navarre avait seulement raté sa carrière, et l'avait ratée par sa seule faute, il avait, toute une vie, persévéré dans ses idées d'ordre et d'honneur, dans la certitude de notre supériorité, en dépit de tous les signaux contraires, il s'était opiniâtré dans ses conceptions rigides, bornées. Mais il en avait jusque-là tiré bien des satisfactions narcissiques, matérielles. Son milieu profitait confortablement de son étroite vision du monde, le statut d'officier conférait dans l'Empire des droits presque sans limites. Et l'architecture néo-Renaissance, à la fois grandiose et vulgaire, du palais des gouverneurs d'Indochine témoignait de cette faramineuse puissance et de cet égoïsme.

Ne disait-on pas de Navarre qu'il était *"un des types les plus purs du militaire occidental"* ? Mais à présent, c'en était fini. Sa vie militaire était finie, elle se terminait sur une défaite totale. Il venait d'adresser une série de télégrammes incohérents, et la vie lui parut soudain absurde. Il pensa se suicider. Mais ne le fit pas. Et lentement, tandis qu'il atteignait la petite allée de gravillons menant au perron du palais, il retrouva ses esprits. Lentement, il redevint capable de tirer froidement, ou de faire semblant de tirer froidement, les leçons de sa défaite, lentement, à mesure qu'il avançait vers la clarté des réverbères qui longent la façade hideuse du palais, il laissa les cadavres vietnamiens s'entasser dans les allées de buis, et il lui sembla même apercevoir les cadavres de sa propre armée, et cela ne lui fit rien. Lentement, il abandonna à l'obscurité les coolies et leur travail d'esclave, toutes ces souffrances furent ravalées par la nuit, et lorsqu'il fut parvenu sur le parvis et que les domestiques lui ouvrirent les lourdes portes battantes, il avait tout oublié. Dans l'entrée, son regard s'attarda sur l'énorme mappemonde où étaient tracées les frontières désormais caduques de l'Empire français. "Le monde est minuscule", se dit-il. Alors, d'un pas décidé, il franchit la première marche de l'escalier d'honneur, et il faillit glisser.

## LES PARTISANS

On est le 1er mai. Aux Tuileries, une petite fille vend des brins de muguet. À Genève, où se sont ouverts des pourparlers de paix, tandis qu'on continue la guerre, on se promène dans les parcs, on flâne. Mais à Diên Biên Phu, c'est la fin. On chie n'importe où, dans les tunnels, au bord des tranchées, on roule les morts le plus loin possible. Le 3 mai, les derniers volontaires parachutés se présentent au PC. On les embrasse et on leur accroche sur la poitrine l'insigne des parachutistes. Bravo. Le 4 mai, les attaques reprennent. Le 5 mai, le Viêt-minh est tout proche d'Isabelle. Le 6 mai, les pitons de l'est sont perdus, des débris de bataillons s'accrochent aux contrepentes. Il reste deux jours de vivres et Castries n'a plus qu'une bouteille de Cognac.

Vers 15 heures, les Français aperçoivent de loin les commissaires politiques du

Viêt-minh danser. Ils dansent, ils hurlent de joie, ils chantent. La plupart sont des enfants. On dirait de la paille qui brûle. Le feuillage est trempé de lumière. Mais en fin d'après-midi, ça reprend. L'artillerie s'acharne sur ce qui reste du camp retranché. La nuit tombe. On crève de partout. On recule de trou en trou, on empile des cadavres pour se protéger, et on sautille entre eux comme un moineau de haie.

Au matin, de tout petits hommes vêtus de mauvaises toiles vertes, portant aux pieds des semelles de pneu, atteignent les crêtes. Ce sont les coolies des plantations Michelin, les mineurs de Ninh Bình, des paysans annamites. À présent, ils tiennent une mitraillette et ils enjambent les morts. Il y a des débris de toutes parts, blockhaus pulvérisés, bouts de bois, morceaux de tôle, fils de fer. Tout ça traîne inerte dans la boue visqueuse, comme après l'orage. Et la grande bataille qui promettait au moins une fin terrible s'achève comme une partie de polo. Des colonnes de soldats se forment. Les Vietnamiens pénètrent dans les abris en se bouchant le nez. Ils découvrent des monceaux de cadavres et des tapis de merde.

Pour le dernier coup de fil, entre Cogny et Castries, il n'y a pas eu de "Vive la France !" comme on l'a raconté ; et, malgré une avalanche de démentis, Castries a bien hissé le drapeau blanc. Passerat raconte même qu'à l'irruption du Viêt-minh dans le PC, il aurait crié "Ne me fusillez pas !"

Le lendemain, à Paris, le 8 mai, sous l'Arc de Triomphe, on célébrera la fin de la Seconde Guerre mondiale. Et samedi soir, à Hanoi, pour l'une des dernières fois, les boîtes de nuit seront combles.

## UN CONSEIL D'ADMINISTRATION

LE président Minost était arrivé le premier. Il tapotait des doigts sa courte moustache, avançant d'un pas décidé vers l'escalier à vis qui menait à son bureau. Il s'installa, se saisit d'un dossier, le parcourut distraitement, puis se rendit à l'assemblée générale. Le second à franchir le seuil du 96, boulevard Haussmann, fut Jean Bonnin de la Bonnière de Beaumont, un énergumène. Il avait épousé une Rivaud de La Raffinière, lui avait fait trois marmots, et sa modeste tribu s'était ainsi solidement liée à la banque Rivaud, dont la prospérité provient d'innombrables plantations d'hévéas. Les frères de la mariée l'avaient fait élire député de la Cochinchine. En 1940, il avait voté les pleins pouvoirs à Pétain, et à la Libération il fut brièvement emprisonné pour cause de fréquentations douteuses. Après quoi, il délaissa la politique et ne s'occupa plus que des affaires. Il fut président-directeur général de la Société financière des caoutchoucs et de la Compagnie des caoutchoucs de Padang, président d'honneur de la banque Rivaud, puis président d'honneur des Plantations des Terres Rouges, de la Société de culture bananière, et de beaucoup d'autres. Mais son rôle principal consistait à cultiver les amitiés utiles, à organiser des parties de chasse, des réunions mondaines.

Dans le hall, il croisa Minost qui redescendait pour accueillir les membres du conseil d'administration de la banque, et qui fit la grimace en le voyant, son dilettantisme affiché l'exaspérait. Mais tandis qu'il saluait sèchement Jean de Beaumont, après quelques chétives marques de politesses, François Marbeau le sauva, venant à sa rencontre. Il était commissaire aux comptes auprès de la banque. C'était un homme du meilleur milieu. Il avait épousé une petite-cousine de sa mère, marquant par là son appartenance au clan, d'autant plus qu'elle descendait d'une famille de banquiers de Boulogne-sur-Mer. Son frère, à lui, était administrateur des Sucreries coloniales, et son père avait été maire de Meudon, respectable carrière.

Imaginez des acteurs qui ne redeviendraient jamais eux-mêmes. Ils joueraient éternellement leur rôle. Le rideau tomberait, les applaudissements ne les réveilleraient pas. La salle vide, la rampe éteinte, la nuit tombée, ils ne quitteraient pas les planches. On pourrait bien leur hurler que l'on a compris, que leurs répliques sont connues, que nous savons l'action par cœur, ils continueraient obstinément à jouer, errant et vociférant sur la scène. On les dirait envoûtés par eux-mêmes, pris à leur propre jeu, le cœur percé de leurs propres flèches. Leur ronde serait à la fois belle et terrible, pathétique et absurde, et l'on ne saurait plus s'il vaut mieux rire ou pleurer.

Les membres du conseil d'administration prirent place autour de la grande table. On se serra la main, murmurant quelques mots, abandonnant des bribes de syllabes sur le sable de la bienséance. Un domestique servit de l'eau pétillante. Le représentant de la banque Lazard prit place. Minost vint obséquieusement le saluer. Ils évoquèrent la situation politique, le drame indochinois, David-Weill se rassit, puis Minost alla accueillir François de Flers, un vieil ami. Tous deux sont d'anciens inspecteurs des finances, et tous les deux ont consacré leur vie aux affaires. Mais Minost vient de Provins, il est fils d'un clerc d'avoué. Flers est né dans le 8e arrondissement de Paris, dès l'âge de vingt-quatre ans il est au cabinet de Poincaré et devient chef adjoint au ministère des Finances ; il entre par la grande porte.

Il existerait à Paris un triangle sacré, entre la Bièvre, le parc Monceau et Neuilly, où les spécialistes prétendent avoir découvert l'existence d'un microclimat. Sous l'influence de la structure éco-paysagère des larges boulevards, des jardins des hôtels particuliers, de l'exposition idéale de vastes terrasses de café, grâce à la présence d'un léger ourlet forestier, de la douceur du feuillage du noisetier de Byzance, de la fraîcheur qu'apportent les subtiles fleurs blanches de l'arbre à perles qui, une fois fanées, se dispersent avec régularité sur les pelouses, les courbes hygrométriques diurnes (et moindrement nocturnes) se trouveraient modifiées, ce qui permettrait à une faune délicate de croître et de vivre heureuse, loin des éboulis de Belleville, au climat plus rude, et très loin des plaines mortifères du Nord de la capitale, où prolifère une population robuste mais primitive, cette zone forme une oasis, où la présence conjuguée de l'eau des bassins et de l'ombre des arbres encouragerait, depuis des lustres, la croissance d'une population protégée, les futurs hommes d'affaires.

La consanguinité, la cognation, la filiation, l'hérédité et le lignage ne devraient pas être des termes réservés aux sauvages de l'Amazonie. Le 8e ou le 16e arrondissement de Paris, au cœur de ce triangle sacré, offrent l'occasion d'une étude poussée et détaillée de ce qu'on appelle ordinairement la famille. Dans l'environnement particulier que nous venons de décrire, des mœurs singulières se sont depuis longtemps développées, qui permettent non de remettre en cause mais à tout le moins de nuancer les analyses savantes de Claude Lévi-Strauss, en recourant à sa théorie des alliances dans les mariages intertribaux, afin d'examiner le système ingénieux des combinatoires de la bourgeoisie financière, aux fortes tendances endogamiques. Ainsi, ce sont avant tout des familles qui entrent ce matin-là au *96 Haussmann*, à Paris. Un cortège de dynasties. Ici, la loi fondamentale fixée par le grand ethnologue trouve une illustration extrême, démesurée. Les études sur le 8e arrondissement de

Paris autorisent presque à définir une nouvelle théorie de l'alliance. Une fois extraites, des larges masses de données empiriques, les relations générales entre les unités, et isolées des lois à valeur prédictive, après une monographie détaillée de la cour de récréation du lycée Janson de Sailly, il est en effet possible d'affirmer, avec l'une des plus faibles marges d'erreur, que les structures élémentaires de la parenté dans le 8e arrondissement de Paris reposent sur huit termes, frère, sœur, père, mère, fille, fils, beau-frère, belle-sœur, unis entre eux sans presque aucune corrélation négative, de telle sorte que, dans chacune des deux générations en cause, il existe toujours une bonne raison de se marier, soit avec la sœur ou le frère de son beau-frère ou de sa belle-sœur, comme plusieurs Michelin en ont montré l'exemple, soit avec un cousin ou une cousine, croisé ou parallèle, peu importe, la bourgeoisie étant en matière de mariage arrangé encore plus permissive que le Coran, afin de tendre vers la structure de parenté la plus simple que l'on puisse concevoir et qui puisse exister, afin que tout, voitures, maisons, actions, obligations, fonctions honorifiques, postes, rentes, demeurent pour l'éternité dans la famille, et cette structure élémentaire de la parenté du 8e ou du 16e arrondissement de Paris, ramenée à sa forme la plus essentielle, s'appelle l'inceste.

D'un ton grave, les administrateurs évoquèrent la regrettable défaite, *notre* armée, *nos* soldats morts. Mais ils n'étaient pas là pour se plaindre, il fallait bien que les affaires continuent, et puis la banque n'avait-elle pas pris les décisions qu'il fallait, n'avait-elle pas vu juste en se délestant de ses positions indochinoises embarrassantes dès 1947, et en redéployant l'essentiel de ses activités à l'étranger, très loin des combats, ailleurs, dans d'autres colonies ? Évidemment, l'armée française s'était battue le mieux possible, elle avait lutté, répétait-on, contre un ennemi très supérieur en nombre. Mais au fond, chacun le savait, Minost le savait, il l'avait même annoncé juste avant Cao Bang, avant "le désastre de Cao Bang", cinq ans plus tôt, avant les cinq mille morts, l'Indochine ne représentait déjà plus rien dans le portefeuille de la banque. Ils avaient discrètement liquidé, et les combats avaient lieu, malgré tout, pour une colonie déjà vidée de sa substance.

Minost le savait très bien. Flers aussi le savait, il le savait même depuis plusieurs générations, d'un flair sûr qui venait peut-être du XVIIe siècle, de Jean Ango, seigneur de La Motte, secrétaire du roi, et conseiller au parlement de Normandie, son aïeul. Et Charles Michel-Côte le savait aussi, et Emmanuel Monick, qui fut administrateur ou président de six ou sept banques, le savait parfaitement lui aussi. Et tous, sagement assis autour de la table, se regardaient avec un sérieux confondant, une gravité exemplaire. Même la torture d'entendre cet imbécile de Jean de Beaumont les bombarder pendant une bonne minute de tous les lieux communs possibles sur le sacrifice de nos soldats et la grandeur de la France – il alla jusqu'à évoquer sa parenté lointaine avec Castries, lui qui aurait privilégié la moindre soirée au jockey-club à n'importe quelle cérémonie militaire –, même cet horrible supplice que leur imposèrent ses bouffonneries de dilettante, ne les fit pas broncher. Leur patriotisme était irréprochable.

Le portier tira la chevillette, et les membres du conseil d'administration furent enfin seuls. Les navigateurs de naguère rêvaient des grands fonds. Ils glissaient en silence sur une mer lisse, angoissés par le vide immense, inconnu, qu'ils imaginaient en dessous d'eux. Ils croyaient en découvrir les vestiges sur la grève, morceaux de tentacules, méduses lacérées, algues sèches, une branche morte d'étoile de mer. Cela inquiétait. Et la salle où les membres du conseil d'administration se trouvaient à présent enfermés pour encaisser leurs dividendes et décider de l'avenir est aussi pâle, diffuse, voilée, que le fond des océans. Soudain, les figures autour de Minost se mirent à flotter comme des images dans un rai de lumière. Et ce fut comme si l'on voyait, non plus telle ou telle banque réelle, incarnation précise et concrète, mais *la* banque par excellence, l'Idole.

C'est que la Banque d'Indochine n'est pas exactement une banque comme les autres. Elle a battu sa propre monnaie, comme la Banque de France, et celle-ci a eu cours légal en Indochine, dans les Établissements français de l'Océanie, en Nouvelle-Calédonie, dans les Établissements français de l'Inde et sur la Côte française des Somalis, autant dire tout autour du monde. Le montant de ses billets en circulation et de ses comptes courants créditeurs dépasse deux milliards. Et chacun des membres du conseil d'administration n'est pas seulement un technicien, ce ne sont pas juste des financiers ayant réussi, de simples directeurs de banques, on les retrouve partout, dans le bois, l'or, le cuivre, les ciments, dans les charbonnages du Tonkin, l'éclairage de Shanghai, une manufacture de tapis ! C'est extraordinaire, ils savent tout, ils font tout, ils administrent tout. Vous allez prendre un cornet de glace rue Paul-Bert, à Saigon, vous ignorez que la société anonyme Brasserie & glacières de l'Indochine a dans son conseil d'administration le très sage Édouard de Laboulaye, pour la banque. Vous faites changer les pneus de votre Chevrolet, vous ne savez pas que le caoutchouc est produit par la Société des caoutchoucs de l'Indochine, et qu'au conseil d'administration se trouve Paul Baudouin, pour la banque. Vous avez besoin d'une adduction d'eau pour un petit pavillon, vous ne pouvez pas savoir que l'eau potable est distribuée par la Compagnie des eaux et d'électricité de l'Indochine, au conseil d'administration de laquelle jetonne Jean Maxime-Robert, pour la banque. Vous craquez une allumette, vous ignorez qu'elle est vendue par la Société indochinoise forestière et des allumettes, dont le conseil d'administration abrite Jean Laurent, pour la banque. Enfin, pour votre lune de miel, vous êtes sur le fleuve Rouge, écoutant une chanson merveilleuse interprétée par un des fameux joueurs de cithare qui mendient, en Annam, leur existence au fil de l'eau, et vous sirotez votre punch sans savoir que la ligne où vous naviguez appartient à une société anonyme de chalandage et de remorquage au conseil de laquelle siège un représentant de la banque. Et si l'on continue l'inventaire saugrenu des sociétés que dirige indirectement la banque, on trouve encore le crédit foncier, le dragage, les travaux publics, même le mont-de-piété !

Mais cela ne s'arrête pas à l'Indochine, à travers ses filiales, ses participations, son influence s'étend aux salines de Djibouti, de Sfax et de Madagascar, aux plantations de thé, à la papeterie, aux phosphates, aux verreries, aux tramways, et ils ont tous le don d'ubiquité à la Banque d'Indochine, l'un est au Comptoir national d'escompte, l'autre aux Messageries fluviales, le baron Georges Brincard est au Crédit lyonnais, Joseph Deschamp au CIC, André Homberg à la Société générale, mais peu importe, nous voyons bien que nous marchons sans cesse dans les mêmes traces, que nous nouons toujours les mêmes fils autour des mêmes pantins, et ce ne sont pas des fils de fer attachant des poignets faméliques, ce sont des fils d'or liant et reliant les mêmes noms, les mêmes intérêts, et nous remontons sans cesse les mêmes nerfs, les mêmes muscles, afin que tout le sang abonde finalement au même cœur. Et l'on pourrait continuer ainsi pendant des heures, on croiserait les mêmes cent fois, dans chaque conseil d'administration, dans chaque hôtel particulier, dans chaque arbre généalogique, comme on croisait jadis le même hévéa transplanté des milliers de fois dans la plantation de Phu-riêng, et on en vient inexorablement à penser qu'il aurait suffi, pour toute la colonie, et pour la France peut-être, puisque le Crédit lyonnais ou le CIC ne sont pas des établissements coloniaux que je sache, on en vient à se dire, réflexe pragmatique, qu'après tout, puisque le pouvoir politique n'échoit, lui aussi, qu'à quelques-uns, afin que la démocratie ne soit plus réduite à la volonté toujours versatile, et parfois douteuse, de tous, il vaudrait sans doute mieux vider le palais Bourbon des bancs d'huîtres, d'escargots et de limaçons, qui ont élu là-bas domicile depuis presque un siècle, et dont l'incompétence ravine sur la société tout entière, afin d'en finir une fois pour toutes avec cette idée fausse, captieuse, selon laquelle le grand nombre connaîtrait mieux son intérêt qu'un petit groupe d'experts dûment qualifiés, que porteraient au pouvoir leur expérience, leur connaissance des dossiers et leur dévouement au bien public. Ce serait au fond la démocratie réalisée, celle dont rêve peut-être François de Flers, tandis que la séance du conseil d'administration commence, celle dont rêvent à coup sûr bien des inspecteurs des finances. Cela éviterait que la délibération politique parasite inutilement la prise de décision. Puisqu'en dernière instance, on nous le dit sans cesse, c'est la vie économique qui dicte sa loi. Il suffirait donc d'une seule réunion par an, bien peinard, au *96 Haussmann*, siège de la banque, pour évoquer à cœur ouvert les problèmes et se distribuer quelques dividendes. Un conseil d'administration pour diriger la France !

*

Maintenant, au point culminant du drame, ils se tenaient là, autour de la table, comme d'habitude. Les domestiques les avaient délicatement débarrassés de leurs pardessus. Minost laissait traîner son regard par la fenêtre, où, entre les branches noirâtres des platanes, il découvrit un instant à son imagination un heureux débouché. Pendant ce temps, Michel-Côte ânonnait, commentait les tableaux, annonçant d'un ton monocorde des chiffres faramineux :

"Le capital social de la banque s'élève à 2 milliards de francs, divisé en 400 000 actions de 5 000 francs, libérées et essentiellement nominatives."

On toussota. Et Michel-Côte continua à dire la messe et atteignit enfin le moment crucial :

"L'an dernier, le dividende versé par action était de trois cent cinquante francs. J'ai la joie de vous annoncer... lança-t-il soudain, prenant un air de triomphe qui étonnait sur son visage lisse de commis, qu'il sera cette année porté à mille un francs !" Malgré leur correction proverbiale, on entendit un léger gloussement de satisfaction. Il faut dire que la progression était de taille, le dividende était multiplié par trois. Il était rigoureusement proportionnel au nombre de morts. Dans l'ombre de la défaite de la France, après un redéploiement général des activités de la banque d'affaires et de sa holding, c'était une prouesse remarquable. Cela méritait bien une certaine jubilation.

Flers et Beaumont échangèrent un regard complice, comme s'ils étaient dans le salon des Greffulhe, que Robert de Flers, son père, ami de Marcel Proust, avait si assidûment fréquenté. Charles-Valentin Dangelzer eut sans doute du mal à se retenir de rire. La situation était cocasse, rocambolesque même. On perdait en gagnant, et en gagnant prodigieusement ! Minost se tenait la tête penchée vers la table, songeur. Il écoutait. Peut-être explorait-il à cet instant les replis les plus intimes de sa conscience. Lui qui était né dans une petite ville de province, entre les remparts médiévaux, à l'ombre d'une étude de notaire, et non pas dans le luxe comme Flers, sans doute avait-il des infirmités cachées, un peu de pitié peut-être, un brin de remords. Peut-être entrevit-il, dans un raptus, les cadavres dévorés de mouches, les blockhaus pulvérisés, toute cette chair inerte traînant dans la boue. Il avait été un résistant de la première heure, actif, diligent, proche du général de Gaulle, l'indispensable financier de la France libre, alors, pouvait-il tolérer sans réserve ce qu'il avait cependant lui-même orchestré ? pouvait-il encaisser sans répulsion le montant effarant de si contestables dividendes ? Et puis, se demanda-t-il, lui, *le parvenu*, lui qui, au fond, était ici le seul à ne pas devoir sa position à sa famille ou à son mariage, lui que ses collègues, secrètement, méprisaient, ne s'était-on pas résolu à lui confier la direction de la banque à un moment critique, afin d'effacer l'opprobre de la collaboration, puis pour mieux solder les affaires indochinoises, et ainsi, en contrepartie de cette fabuleuse ascension, n'avait-il pas dû faire le sale boulot ? Il était perdu dans ses pensées, leva la tête, et tandis que les petits yeux de Beaumont se plissèrent de gratitude, il éprouva une sorte de dégoût.

## L'ŒIL DU CYCLONE

On quitta lentement la salle, dans un brouhaha amical. Minost sortit le dernier, il referma sa serviette, salua l'appariteur qui éteignit derrière lui. Malgré les excellentes nouvelles qu'il avait annoncées, son esprit vagabondait, son regard errant de droite à gauche, de pièce vide en pièce vide, dans la clarté blafarde des bureaux. On aurait dit qu'il cherchait quelque chose, quelqu'un, un souvenir. Le couloir lui sembla interminable. Sur le palier, il s'arrêta devant le gladiateur de bronze qui, depuis des années, mourait sur le rebord de la fenêtre ; il eut alors l'embryon d'une amère méditation sur la vie humaine, mais comme si le courant profond de son être était subitement arrêté par un obstacle, il pensa soudain au camp retranché, à la défaite, à la mort. Tout à coup, il se sentit à l'étroit dans son costume, et tira sur son nœud de cravate. Son valet de chambre l'avait trop serré.

Alors, descendant l'escalier, il se rappela comment, dès le début de la guerre, la banque avait discrètement arrêté d'investir, elle s'était très vite débarrassée de ses positions indochinoises, faisant transiter ses fonds vers des cieux plus cléments, et il se dit, malgré la petite aigreur qu'il ne pouvait s'empêcher de ressentir, qu'ils avaient décidément eu du nez, et qu'ils avaient bien fait de se retirer aussitôt à pas de loup.

Lors de la déroute de Cao Bang, la banque n'était déjà plus là, l'Indochine n'était qu'une écorce, une apparence de colonie ; il l'avait tranquillement annoncé en conseil d'administration trois mois avant cette première défaite, trois mois avant les cinq mille morts. Et maintenant, que la guerre était finie, perdue, la banque affichait une santé insolente, sa meilleure année, avec sept cent vingt millions de bénéfice net, et des dividendes qui n'ont cessé de croître tout au long de la guerre, et qui, cette dernière année, tripleront. "C'est vraiment incroyable", murmura Minost en se dandinant ; et il caressa la grosse perle noire piquée sur sa cravate et tortilla nerveusement sa moustache.

Lorsqu'il sortit du *96 Haussmann*, il y eut un vol de pigeons. Minost leva le nez et suivit la nuée du regard. C'était beau. La voiture se présenta, il monta machinalement à sa place, à l'arrière, où son chauffeur en se retournant lui offrit un gobelet rempli d'eau. Il but et se sentit mieux.

Le boulevard Haussmann connaissait l'un de ses terribles embouteillages de midi. Même ici, on klaxonnait. Dieu que ce tintamarre lui était pénible ! Il songea au week-end qui l'attendait, aux plants de tomates que le jardinier avait repiqués selon ses consignes, et qui avaient parfaitement pris. Il avait décidé d'un endroit à la fois ensoleillé et humide, il avait été perspicace. Soudain, une mère de famille mal habillée, le visage revêche, apostropha son chauffeur qui avait failli renverser sa fille ; il faut dire que la petite avait fait mine de traverser hors des clous ; l'attention de Minost fut instantanément ramenée à l'Indochine.

Il pensa à la guerre. Avec un peu de recul, se dit-il, en proie à une soudaine bouffée de mauvaise conscience, n'étaient-ils pas des monstres, tous, tout distingués qu'ils fussent, bien élevés, éduqués, des monstres en pardessus élégants, en gabardines austères, des singes en *trench-coats* ? Est-ce que Flers ne ressemblait pas déjà au monument qu'il aurait un jour, au Père-Lachaise, austère, lui aussi, entouré de deux colonnades rigides, mais finalement, sous la dalle de marbre, couvrant un petit reste de pourriture ? Et Beaumont, n'était-il pas un horrible babouin, avec son visage épaté, satisfait, sa gouaille virile, valait-il vraiment les dividendes qu'il touchait ? Comment pouvait-on parler de mérite, de travail, de compétences, de sérieux, quand pareil olibrius venait faire de la figuration, et cachetonnait pour des millions ?

Il se pencha en arrière, ferma les yeux, et soupira. Il entendait le vacarme de la circulation, sentit la voiture tourner à droite, freiner, puis repartir. Il rouvrit les yeux. Il passait la Seine, et il jeta un œil au flot gris. Ce n'étaient pas des monstres, se dit-il, c'étaient leurs fonctions qui exigeaient d'eux des sacrifices. La holding de la banque représentait une concentration monstrueuse de pouvoir, que pouvait-on y faire ! D'un geste gracieux, il se lissa de nouveau la moustache, et le raffinement de sa personne lui sembla soudain plaider pour lui, comme un équivalent moral. N'avait-il donc pas lu le journal durant toutes ces années, n'avait-il jamais lu les redoutables articles de François Mauriac qui fustigeaient à longueur de temps les crimes politiques de la France ? La plupart des membres du conseil d'administration de la banque se réclamaient du catholicisme le plus strict, mais, soudain, on ne lisait plus Mauriac, il avait quitté *Le Figaro* pour *L'Express* et s'était déclaré hostile à la guerre, s'appuyant sur ce catholicisme que tous pratiquaient. Et pourtant, malgré l'immense talent de Mauriac, malgré toute l'honnêteté de Mauriac qui déserta son camp politique pour celui de la vérité, ce qui est le sacrifice le plus difficile peut-être, depuis que François Mauriac condamnait courageusement la torture, les violences policières, l'occupation de l'Indochine, depuis que sa plume acerbe, intelligente et acerbe, avait changé de camp, on ne le lisait plus.

Mais si les militaires avaient bel et bien pratiqué la torture, le bombardement des civils, l'emprisonnement arbitraire, si les parlementaires avaient encouragé la guerre, adoptant à la tribune le ton des grandes heures, en revanche, les administrateurs de la banque n'avaient officiellement rien dit. Ils s'étaient tenus comme toujours à l'écart, loin des conflits, dans l'ombre de leurs bureaux, leur imperméable froissé sur le siège, solidement campés devant leurs chemises de carton. Et bien sûr, si les militaires étaient responsables d'avoir interprété brutalement des ordres iniques, d'avoir en permanence renchéri sur l'autorité, cédé à l'arbitraire, si les politiques étaient responsables d'avoir soutenu, contre les intérêts du peuple, une guerre inefficace, meurtrière, et d'avoir menti sur nos intentions et nos chances réelles de victoire, s'ils avaient célébré sans cesse, bêtement, avec une mauvaise foi outrancière, nos soldats, quand c'était principalement des Arabes, des Vietnamiens ou des Noirs qui mouraient, puisque l'essentiel de notre armée était alors composé de tirailleurs, s'ils n'avaient eu de cesse d'encourager le patriotisme le plus étroit, usant de formules toutes faites, grossières, comme ils le font encore de nos jours, pour évoquer des morts véritables, usant d'un vocabulaire théâtral qui déshonore toujours la cause qu'il prétend défendre, si les militaires et les politiciens avaient commis ainsi un bien grand crime, les hommes qui étaient assis tout à l'heure sagement autour de la table, au *96 Haussmann*, avaient d'une certaine manière fait pire.

La voiture se dirigeait vers Sceaux, Minost allait voir des amis. Et tandis qu'elle empruntait la rue Saint-Jacques et rasait les murs de la Sorbonne, il reprit son petit monologue pénible. Oui, se dit-il, la banque fut aussitôt, pour l'armée française, le partenaire par excellence, elle s'inscrivit dans tous les circuits de financement et d'approvisionnement du corps expéditionnaire, où elle trouva pendant six ans une formidable occasion de s'enrichir. C'est ainsi que la banque profita abondamment de la guerre qu'elle fuyait, et dont elle prévoyait, lucide, la fin. Mais la pince avait deux mâchoires. Dans le même temps où la banque siphonnait le pays de ses investissements, pensa soudain Minost en regardant le ciel, le regard comme emporté par ses tourbillons gris, au moment où la banque quittait l'Indochine, la guerre devint pour elle sa première source de revenus. En somme, au nom de l'honneur national, la banque encourageait, depuis le Parlement, une guerre meurtrière, dont elle tirait profit, et qu'elle estimait, pourtant, perdue. Et derrière les gesticulations cocardières de Frédéric-Dupont, derrière l'ordre colonial défendu par Viollette et Michelet, derrière les déclarations patriotiques enflammées des de Lattre et des Navarre, derrière les atermoiements de Bidault et les menaces de Dulles, la banque avait clairement misé sur la défaite de la France. Cependant que les Français viennent à peine d'en finir avec le rationnement, que *la carte du pain* vient tout juste d'être supprimée, alors que des milliers de Vietnamiens subissent quotidiennement la guerre, la faim, que les troupes du Viêt-minh se battent avec de simples sandales aux pieds, que les soldats n'ayant pas mangé depuis deux jours un pauvre bougre bat son tambour afin de ne pas pleurer, alors que pour la fête du Têt, la nuit, les dynamos des bicyclettes éclairent une table improvisée où l'on partage quelques quartiers d'orange et des gâteaux secs, les flamboyants perdent leurs fleurs, les pétales rouges glissent au milieu des conserves vides, et tandis que les chasseurs-bombardiers, tels de gigantesques oiseaux, passent muets au-dessus de la forêt et que les explosions d'obus soulèvent un tel déluge de terre que les hommes en perdent la notion du temps, la guerre est déjà perdue dans les livres de comptes.

Dieu que les barres de justice étaient loin, que les coolies en loques étaient loin, que les enfants se tuant à la tâche étaient loin, que les coups de rotin étaient loin, et qu'il était facile d'être pragmatique, réaliste à des milliers de kilomètres, d'établir un bilan, de fixer des perspectives, quand on ne risquait pas soi-même d'avoir à se rendre sur place pour voir en face ce qui s'y passait. Et les Flers, et les Homberg, les Brincard, et toute cette concentration prodigieuse de pouvoir qu'on appelle *une société*, cette absence congénitale de scrupules qui devrait susciter l'effroi, peuvent bien se tenir mains jointes, manucurés, coiffés, vêtus de bonnes toiles, taillées sur mesure, sur le seuil, ce ne sont pas des personnes que l'on voit, mais des postes, ce ne sont pas des intentions, des talents, du savoir, que l'on voit, c'est la structure du monde. Et il faudrait pouvoir regarder tout ça au moins une fois, une seule fois, bien en face, toute la masse d'intérêts, de fils les reliant les uns aux autres, froissés, formant une pelote énorme, une gigantesque gueule, un formidable amas de titres, de propriétés et de nombres, comme un formidable amas de morts, fixer ne serait-ce qu'un instant la vérité monstrueuse, comme on raconte que juste avant de mourir emporté par un ouragan, l'on verrait, le visage criblé de pluie, les yeux mordus par le vent, l'œil du cyclone.

Pourtant, il faut bien qu'il y ait des responsables, pensa Minost, comme s'il était soudain quelqu'un d'autre. Il éprouva un pincement au cœur. Au bout de trente ans, il n'était pas encore parvenu à dissoudre la totalité de ses remords dans l'apprentissage des bonnes manières. Et comme la voiture longeait les murs de la propriété, il revit brutalement tout le mécanisme de leur enrichissement, la stratégie de la banque ; ils avaient collégialement décidé la politique à suivre, et ils avaient, dans l'intérêt de l'institution et des actionnaires, choisi la voie la plus lucrative, comment le leur reprocher !

À présent, la voiture se garait sous la tonnelle, les enfants s'approchaient timidement pour l'accueillir ; il ramassa le cerceau qu'une charmante petite fille en robe rose venait de perdre sur le gazon, et il se dit qu'ils avaient mené rondement les choses, avec succès, la banque avait encouragé la guerre, et porté à sa pointe, sans scrupules inutiles, la mission collective qui lui était assignée, affermir ses positions, augmenter ses actifs, équilibrer ses comptes, mais surtout conquérir et gagner le plus d'argent possible. La petite fille l'embrassa, la maîtresse de maison le remercia pour les fleurs que son chauffeur avait pensé à acheter et avait délicatement déposées sur le siège arrière de la berline, les lui tendant à l'arrivée, afin qu'il puisse les offrir. Et dès qu'il eut monté les jolies marches du perron, son regard effleura les guirlandes de pierre qui s'enroulaient autour des vases, et il pensa à autre chose. Il avait seulement oublié de se dire à lui-même que tout au bout de cette logique, qui était certes devenue la nôtre à tous, celle que nous avons épousée en même temps que le privilège de n'être ni vietnamien, ni algérien, ni ouvrier, il avait totalement oublié de se dire qu'à ce jeu parfaitement conforme à l'esprit qui gouverne aujourd'hui le monde, il fallait accepter de spéculer sur tout, que rien ne pouvait être exclu a priori de la sphère des choses, et qu'à ce prix seulement on pouvait s'enrichir, et qu'à cette occasion unique et terrifiante, la guerre, ils avaient, lui, et les autres membres du conseil d'administration, spéculé sur la mort.

## LA CHUTE DE SAIGON

Les hélicoptères avaient tourné toute la matinée au-dessus de l'ambassade. C'était le chaos. Dans les rues de la ville, tout le monde emportait quelque chose, on entassait de tout, n'importe quoi, des lits, des ventilateurs, des abat-jours, des matelas. Les policiers s'étaient mis à piller à leur tour, puis ce fut l'armée. On traversait les rues en courant, zigzaguant entre les motocyclettes. La ville est à présent encerclée par le Viêt-minh. Les États-Unis avaient pris la suite des Français, les Frédéric-Dupont, les Viollette, les Cabot, les Dulles, étaient parvenus à les entraîner à leur tour, et cette guerre dont de Lattre affirmait devant dix millions de téléspectateurs qu'elle serait terminée en deux ans, tout au plus, aura duré trente ans. Trente ans. Ça fait une génération entière ayant vieilli dans la guerre, et une autre ayant passé son âge mûr dans la guerre, tout son âge mûr, et une autre encore née dans la guerre, ayant vécu dans la guerre toute son enfance et sa jeunesse. Ça en fait du monde. Et le Viêtnam reçut en trente ans quatre millions de tonnes de bombes, davantage que toutes celles larguées pendant la Seconde Guerre mondiale par toutes les puissances alliées, et sur tous les fronts. Pourtant, c'est petit le Viêtnam, ça en fait des bombes pour un si petit pays. En 1945, Hô Chí Minh avait seulement proclamé son indépendance, s'appuyant même sur *notre* déclaration des droits de l'homme, et, après tout, il n'avait déclaré la guerre à personne.

Des soldats courent sous des vérandas sombres, mitraillette au poing, des hélicoptères passent derrière les immeubles. On monte sur les toits. On a des gestes effarés. Les toits sont pleins d'hommes et de femmes qui espèrent qu'on va venir les prendre. Car le Viêt-minh arrive, et trente ans de guerre ça a aiguisé les haines. Elles ont même eu tout le temps et toutes les occasions de devenir une sorte de science. Le pays a été divisé, agoni, et c'est une armée venant de vivre trente ans de guerre qui encercle aujourd'hui Saigon.

Des maisons sont en flammes. Quelques cadavres traînent sur le trottoir. Un homme court éperdu. Des cris. Des femmes qui portent des enfants. Le feu. Un curieux mélange de civils et de militaires. On va dans tous les sens. Vespas, bicyclettes, camions, foules tirant des malles, des sacs. Les visages sont crispés, hagards. Les gros hélicoptères américains, avec leurs deux tours à hélices, les Chinook, capables de transporter jusqu'à cent cinquante personnes et douze tonnes de matériel, traînent sur le ciel d'énormes baluchons. Les boîtes de nuit et les bordels de Saigon ont fermé. Le Blue Star est fermé. Le Baby Doll est fermé. Le Song Xanh, avec ses petites étoiles au plafond, est fermé lui aussi. Et maintenant voici les jeunes soldats du Viêt-công avec leurs gueules d'enfants de chœur. Voici les vieux renards du Viêt-công, avec leurs gueules de directeurs de conscience.

Le 29 avril 1975, les Américains se tirent, ils déménagent. Les ventilateurs s'arrêtent. Les frigidaires s'arrêtent. Les voitures tombent en panne. Il y a de grands cimetières de frigidaires, de grandes nécropoles de climatiseurs et des pyramides de lave-vaisselles.

Tout est mort. Alors, on se rue vers les derniers bateaux, les derniers hélicoptères, les derniers avions américains. Les pilotes trient les passagers, pistolet au poing. C'est la cohue. À travers les hublots, on peut voir, dans les films du temps, des foules courir après l'avion, des scooters et des jeeps rouler éperdument derrière, comme après je ne sais quel salut. On s'accroche aux roues, à l'échelle de coupée. On parvient à en remonter un ou deux par la peau du dos.

Des milliers de gens partis sur des embarcations de fortune périront noyés. C'est terrible ces bateaux surchargés d'hommes, ces grappes humaines qui flottent au gré des vagues, ces amoncellements de corps, de paquets, de vélos, de cris, de stupeurs. Tous ces chapeaux de paille ! C'est si triste un peuple. On le divise, on le coupe de lui-même, le temps passe, et il ne peut que craindre de se retrouver, étranglé dans la nasse impitoyable d'autres intérêts qu'on lui a fait prendre. Ô Kissinger, si futé à ce qu'on raconte, le Talleyrand de la guerre froide, te voici bien ridicule avec ton sourire décontracté, ton air de tout savoir, tes lunettes si célèbres qui ne t'ont rien permis de voir. Mais ne vous inquiétez pas, on a évacué la colonie américaine et les derniers Français, ils sont partis, les grandes créatures de Cuvier ont disparu dans le brouillard. Ils ont été évacués en silence, ils ont marché derrière le rideau sans se faire remarquer et ils ont retrouvé leurs loges. Mais, vers la fin, le retrait fut piteux. Pour les retardataires, ce fut plus chaotique. Il y eut des foules pendues par grappes aux trains d'atterrissage ; et l'on vit l'ambassadeur d'Italie lui-même s'accrocher au grillage comme un vulgaire voleur. Ah, il faut avoir vu les derniers Occidentaux évacués en urgence, par hélicoptère, depuis le toit de l'ambassade US, pendant la chute de Saigon. Il faut à tout prix voir ça, les diplomates montant comme ils peuvent à l'échelle de corde. Les cravates happées par le vent. Les corps s'agrippant aux barreaux tandis que l'écharpe s'envole. Quelle atmosphère de fin du monde, quelle débâcle ! Dans l'espérance dérisoire d'*une sortie honorable*, il aura fallu trente ans, et des millions de morts, et voici comment tout cela se termine ! Trente ans pour une telle sortie de scène. Le déshonneur eût peut-être mieux valu.

## NOTE

Du côté de la France et des États-Unis, il y eut en tout quatre cent mille morts, si l'on compte les tirailleurs, les supplétifs indochinois, troupes coloniales qui formaient l'essentiel de notre armée. Du côté vietnamien, la guerre fit au moins trois millions six cent mille morts. Dix fois plus. Cela fait autant que de Français et d'Allemands pendant la Première Guerre mondiale.

TABLE

Annexe très confidentielle à un rapport de l'Inspection du travail ..... 9
Dupont des Loges ..... 23
Intermède ..... 37
La grande coalition ..... 45
Un député ..... 49
Comment nos glorieuses batailles se transforment en sociétés anonymes ..... 57
Le caïd de l'Eure-et-Loir ..... 63
*Meet the Press* ..... 77
Une sortie honorable ..... 91
Une visite à Matignon ..... 97
Le plan Navarre ..... 101
L'installation ..... 109
Christian Marie Ferdinand de La Croix de Castries ..... 111
Encerclement ..... 117
Béatrice ! Béatrice ! ..... 123
Navarre dans le détail ..... 129

Les diplomates ........................................ 135
Télégrammes ........................................ 149
Les partisans ........................................ 163
Un conseil d'administration ........................ 167
L'œil du cyclone .................................... 183
La chute de Saigon ................................ 195

*Note* ................................................ 201

OUVRAGE RÉALISÉ
PAR L'ATELIER GRAPHIQUE ACTES SUD
ACHEVÉ D'IMPRIMER
EN DÉCEMBRE 2024
PAR NORMANDIE ROTO IMPRESSION S.A.S.
À LONRAI
POUR LE COMPTE DES ÉDITIONS
ACTES SUD
LE MÉJAN
PLACE NINA-BERBEROVA
13200 ARLES.

DÉPÔT LÉGAL
1re ÉDITION : JANVIER 2025
N° impr. : 2405062
*(Imprimé en France)*